WEI YUEDU

微阅读
1+1工程
1+1 GONGCHENG 第二辑

你幸福就好

厉周吉

百花洲文艺出版社
BAIHUAZHOU LITERATURE AND ART PRESS

图书在版编目（CIP）数据

你幸福就好／厉周吉著. —南昌：百花洲文艺出版社，2013.10（2020.6重印）

（微阅读1+1工程）

ISBN 978-7-5500-0788-8

Ⅰ. ①你… Ⅱ. ①厉… Ⅲ. ①小小说—小说集—中国—当代 Ⅳ. ①I247.8

中国版本图书馆 CIP 数据核字（2013）第 252420 号

你幸福就好

厉周吉　著

出　版　人：姚雪雪
组稿编辑：陈永林
责任编辑：赵　霞　张洁琼
出　　　版：百花洲文艺出版社
发行单位：全国新华书店
印　　　刷：天津兴湘印务有限公司
开　　　本：700mm×960mm　1/16
印　　　张：12
版　　　次：2014 年 2 月第 1 版
印　　　次：2020 年 6 月第 4 次印刷
字　　　数：128 千字
书　　　号：ISBN 978-7-5500-0788-8
定　　　价：29.80 元

赣版权登字：05-2013-343

版权所有，侵权必究

邮购联系：0791-86895108

网址：http://www.bhzwy.com

图书若有印装错误，影响阅读，可向承印厂联系调换。

前　言

　　以"极短的篇幅包容极大的思想"，才能够以小胜大，经过读者的阅读，碰撞出思想的火花，震撼人的心灵。正因为这样，微型小说成为一种充满了幽默智慧、充满了空灵巧妙的独特文体。

　　如果说在二十一世纪的头一个十年，是互联网大大改变了我们的生活，那么在我们正在经历的第二个十年里，手机将更为巨大地改变我们的生活。如今，以智能手机为平台，正在构成一个巨大的阅读平台。一种新的阅读方式正不知不觉地走进大众的生活。一个新的名词就此产生，它便是"微阅读"。微阅读，是一种借短消息、网络和短文体生存的阅读方式。微阅读是阅读领域的快餐，口袋书、手机报、微博，都代表微阅读。等车时，习惯拿出手机看新闻；走路时，喜欢戴上耳机"听"小说；陪人逛街，看电子书打发等待的时间。如果有这些行为，那说明你已在不知不觉中成为"微阅读"的忠实执行者了。让我们对微型小说前景充满信心和期待的是，微型小说在微阅读的浪潮中担当着极为重要的"源头活水"。

　　肩负着繁荣中国微型小说创作、促进这一文体进一步健康发展的责任和使命，微型小说选刊杂志社推出了"微阅读 1＋1 工程"系列丛书。这套书由一百个当代中国微型小说作家的个人自选集组成，是微型小说选刊杂志社的一项以"打造文体，推出作家，奉献精品"为目的的微型小说重点工程。相信这套书的出版，对于促进微型小说文体的进一步推广和传播，对于激励微型小说作家的创作热情，对于微型小说这一文体与新媒体的进一步结合，将有着极为重要的作用和意义。

编者

2014 年 9 月

目　录

不合体的西装

厉威背着鼓鼓囊囊的化肥袋推开家门时，妻子林美正在院子里摆弄那台老式缝纫机。

厉威穿着一身崭新的西装，颜色有些浅，显得皮肤更加黑了。林美禁不住笑了起来。厉威问她笑什么，她歪着脑袋说，你回来了，我能不笑吗？

偏西的太阳照在妻子脸上，她那本来就十分娇美的脸越发红润耐看了，厉威定定地瞅着妻子，直看得妻子脸上起了一层细密的汗珠。厉威刚想抱住她，她急忙指了指尚未关严的大门。

厉威三步两步地跑过去将大门关了，转身回来时却又改变了主意，他抓起地上的化肥袋子使劲一抖，哗啦一下抖出许多好东西。他拿起一件葱绿色的衣服，一摆，一件鲜艳的连衣裙就亮在了妻子面前。

林美轻轻一摸，感觉冰凉顺滑，心头不禁一热。

"家里缺钱，还买什么衣服，再说，你和儿子穿得好一点就罢了，我连个门都出不了，穿好穿孬还不是一回事。"妻子说着，眼圈就红了。

几年前，妻子身体很健壮，在家开了个服装店，日子过得挺滋润。可是因为操劳过度，得了一场病，身体就垮了，别说开店，就连生活自理都有困难。后来，经过很长时间的治疗，身体才渐有好转。

"你看你，又说这个，你现在不是比原来强多了吗？"厉威急忙安慰妻子。

妻子破涕为笑，说："是啊！你看，我这不正收拾工具，准备重新开店吗！来，让我好好看看你的衣服吧！"

厉威连忙来了个立正，学着赵本山的样子在院子中间转起圈来，把林美逗得哈哈大笑。

"好了，别臭美了，衣服不错，可惜不太合身！这里肥了，这里却又瘦了，要不，我给你改一下！"

"不行！不行！你可千万别改，我觉得这样就挺好，再说，即便真不合身也无所谓，又不是结婚娶媳妇！"厉威从来就是这样没正经。

"怕什么，我累不着！"

"不行，我说不行就不行！"厉威说完，以极快的速度把衣服脱下来，装进一个塑料袋里。

厉威的假期只有 5 天，转眼就结束了。临行前的晚上，夫妻二人收拾好行李，早早地休息了。睡到半夜，厉威忽然听到一阵缝纫机的声音，睁眼一看，原来妻子正在改那身西服，妻子佝偻着身体，显得非常吃力，也许怕影响自己和孩子休息，她把灯光调得很暗，但厉威还是看到了地上的很多碎布屑，看来已经改得差不多了，就没起身阻拦，只是暗暗叹了一口气。

妻子把衣服改好，又细细熨了很长时间，才悄悄上了床。妻子刚钻进被窝，厉威就紧紧抱住了她。

坐上火车，厉威焦躁不安，他实在不知道到工地之后如何生活，因为他身上只有 3 元钱了，昨天晚上收拾行李时，他告诉妻子，为了安全，路上不带钱，他早已把生活费留在了一位工友那里。

其实，当初给妻子和孩子买衣服时，他担心衣服不合身，营业员说只要保持原样，10 天之内可以凭购物小票退货。这时他猛然想起，妻子一直因为自己很少买衣服而生气，而自己身上的衣服也确实太不像样了，于是就用后几个月的生活费买了这身衣服。他本想让妻子高兴高兴，等回城后再把衣服退了，想不到妻子竟然给改了，这可怎么办呢？

窗外景色美好，他的精神却有些恍惚。这时，他忽然发现自己的口袋变成了一个很大的泉眼，汩汩地冒着红彤彤的百元大钞……

火车咣当一下将他惊醒。

窗外风景瞬息万变。

他的心中有些惆怅。

过了好久，他下意识地捏了捏上衣口袋，忽然发现底部缝着一个硬硬的东西。他快速翻开口袋，撕开线，拿出一看，竟是几张叠在一起的百元大钞。他把钱紧紧握在手里，实在不知道这究竟是梦幻还是现实。

一举多得

剧本原来吸引观众的看点少些，我想增加一些富有吸引力的镜头，不知你是否有意见？导演把女主角叫到自己的办公室说。

修改剧本的事，我不太懂，你想怎么改就怎么改好了！女主角说。

我准备增加的戏，有几段是床上戏，要求演员全裸出镜。导演说。

这些戏该不会是由我来演吧！女主角显得有些吃惊。

你是女主角，当然由你来演！

不行！我绝对不会演这样的戏。当初接这部电影时，我们也有约在先。再说，我还不到 20 岁，如果拍了这样的戏，以后还能抬得起头吗？女主角白皙的脸上泛起一层红晕。

其实，演这种戏是很平常的，作为一名演员，不但要思想跟得上时代，而且要有为艺术献身的精神。导演说。

可现在我的思想境界还没有这么高。女主角低头思索了一会说，不过，不是可以找替身吗？

找替身，当然可以，但非常麻烦，因为替身不但要美，而且要与你身材差不多才行。你身材好，找与你差不多的演员谈何容易！更主要的是即便最终找到了，也可能会花好多时间和金钱！导演一脸苦相。

得花多少钱呢？女主角怯怯地问。

那段床上戏，至少要花 5 万元；那段给孩子喂奶的戏，需要毫不遮掩的胸部特写，至少要花 3 万元；再加上其他的一些开支，总算起来恐怕 20 万元还不够。还有，寻找演员可能会耽误很多时间，弄不好就会使电影错过上市的黄金档期，那样的话，我们的损失可就没法估算了！

听完导演的诉苦，女主角很不好意思地低下了头，过了好一会，女主角猛然抬起头来说，也许您还忘记了一项很重要的开支，那就是报道一下使用了替身的事，不然，电影出来之后，谁知道这些戏是不是由我亲自演的呀！

给你找替身已经很不错了，再叫我发布新闻，那不可能！我还是希望你能够亲自演这些戏，给你一个小时的考虑时间，慎重考虑一下吧！但愿你不会让我失望。导演说。

发布一条虚假新闻需要多少钱呢？女主角思索了一会说。

几乎不用花钱！

那就好办了，我决定为剧组节约 10 万元，同时保证电影照常拍摄。不知道行不行？女主角怯怯地说。

当然行，你难道想拍摄部分内容了？导演高兴地问。

不是部分，而是全部！女主角说。

啊！那太好了，你有什么要求吗，我尽量满足你！导演满面红光。

我的意思是：所有的戏都由我自己来演，前提是把寻找替身可能会花的一半费用给我，并且发布一条使用了替身的虚假新闻。女主角说这话时粉嫩的脸上露出一丝难以察觉的笑容。

好呀！就这么定了！你真是太聪明了！这简直是世界上最聪明的决定。导演激动地跳起来，和女主角来了个热烈的拥抱。

其实，女主角之所以忽然答应了，除了想可以借助发布虚假新闻弄得真假难辨，还有一个很重要的原因，那就是她喜欢上了男主角，她虽然一再向男主角暗送秋波，但男主角却一直毫无反应。她想，如果能够拍摄这样的镜头，就可以向男主角充分展示自己的美丽，并且通过拍摄时的亲密接触使他们的关系获得实质性突破。当然，额外获得 10 万元的片酬也是非常可观的。

这天，她化好妆，心情激动地来到摄影棚，戏就要开拍了，现场却不见男主角的影子。女主角急忙询问导演原因。

导演指了指旁边的一个陌生男子说："当初，我好不容易才做通了男主角的工作，想不到他却突然变卦了，没办法，我只得找了个临时替身……"

拒绝与机会

花城的夜，闪烁着或浓或淡的灯光，飘荡着或清或浊的香气。一对对情窦初开的青年男女结伴而行，他们时而激情相拥，时而追逐嬉戏，时而笑声阵阵，成为花城夜晚一道独特而靓丽的风景。

艾晚的手被肖进紧紧地攥着，肖进的手温暖而有力，她既羞涩又甜蜜。肖进高大帅气，是系里很多女生心仪的对象，她实在想不到他会看上自己。当她收到他发来的第一条求爱短信时，她激动得几乎一夜都没合眼。以后她每天都收到类似的短信，当她收到第 10 条短信后，再也保持不住自己的矜持。

如今，虽说他们才接触过两三次，她却几乎完全被他的魅力征服。

那夜，他们在公园牵手漫步，在河畔感受清凉，在郊外沐浴着清淡香气的夜风……他们几乎忘记了时间的存在，等他们吃完夜宵并打算回校时，已经接近午夜了。

"我们还是在外面住一晚吧！现在回去太晚了，会被宿舍管理员盘问，还会被同宿舍的同学说笑的。"肖进一边热烈地吻着艾晚，一边紧紧地箍着艾晚的细腰哀求道。

艾晚似乎已经被肖进的热吻融化，她虽然觉得这样做实在不妥，可是拒绝的话却说不出口。于是就被肖进牵进了最近的一家尚未关门的小旅馆。

"你们的身份证呢?"站在旅馆前台的是一位中年女子。

他们摇了摇头，说没有带。

"你们这年龄，也不可能结婚呀！你们有结婚证?"一听这话，艾晚的脸一下羞红了。

"如果你们什么证件都不能提供，我是不可能让你们住宿，更不可能让你们住进一间屋子的。你们这些年轻人呀！怎么这么随便……"中年女子说道。

艾晚早被羞得无地自容，她挣脱肖进的手，快速朝旅馆外跑去。

五年以后，艾晚大学毕业并已经结婚了。她的结婚对象不是肖进，而是一位既有钱又非常有修养的男孩。他经营着一家有好几家分店的包子铺，经济效益很好。艾晚的婚后生活很幸福，每当回忆起那晚的经历，艾晚就会感慨无比。

如果不是旅馆的那位女子拒绝了他们，以后的一切简直没法想象。因为此后肖进又和她接触过几次，每次都想与她在外面开房，她终于认清了他的为人，就与他彻底分手了。此后肖进接二连三地和不同的女生闹出一些是是非非，更让她知道她的决定是正确的。

几年后的一天，艾晚正在为新开的一家店面招聘工作人员，忽然看见了一张似曾相识的脸，艾晚仔细看了看她的简历说："明天你就可以来上班了，你可以先跟我一起招聘工作人员，等招聘完毕，我们会对你进行培训，只要你肯下功夫把业务学好，等分店正式开业时，我会让你担任分店经理。"

应聘的女子顿时惊疑地睁圆了不大的眼睛："你说的是真的吗？你不会是拿我开玩笑吧？"

"你看我是在跟你开玩笑吗？"艾晚面带笑容。

"我离开原来的工作单位后，找过很长时间的工作，一直没有找到合适的。我对自己都失去了信心，您难道真的打算给我这么好的待遇？能告诉我您这样做的原因吗？"那位中年妇女说。

"公司是我和丈夫开的，我喜欢用谁就用谁呀！我雇用你，自然是因为你适合这个岗位，你只管来工作就行了，何必问这么多？"艾晚故作生气地说。

她也许永远不会知道，这次她能够找到工作，只是因为八年前的某个晚上，她拒绝了一对青年男女住宿的要求。

村头那棵古槐

村头有棵千年古槐，树干虽歪歪扭扭，但枝叶茂盛。每到夏天，村里人经常聚到树下乘凉，小孩围在老人身边听故事，青年男女则离得远些，做他们喜欢的事。

石头就是在这样的夜晚和山妹相爱的。一开始，他们离古槐近，说的话也不冷不热。慢慢地，他们远离了古槐，直至一起隐身于茫茫夜色。石头健壮勤劳，家务活样样在行，山妹漂亮，一颦一笑，总流露出万种风情，石头和山妹的爱情成为山村的一段佳话。

当然，这是二十多年前的事了。每当回忆起往事，石头总有炎热夏日在古槐下沐浴山风的感觉，清凉，舒爽。

十多年前，村里的年轻人开始外出打工，一开始，出去的人少，他们每次回家，不但带来了大把钞票，还带来了山外的服饰和生活习惯。后来，村里人都陆续加入了打工者的行列。石头和山妹一开始不愿出去，然而家中实在缺钱。这年，他们把孩子托付给父母后，也出去打工。

山妹和同村的几个年轻媳妇一起去了南方，石头则和同村的铁锁去了县城，石头之所以没去更远的地方，是因为县城离家近，可以在农忙时节回家干些农活。

石头他们在县城给一处私人公园搞绿化，他们的主要任务就是栽树，有小树，也有大树。小树好栽，大树却很麻烦。他们要把大树的多数枝子锯掉，以防止水分过多蒸发。很多大树栽好之后，还要给它挂吊瓶补充水分，搭凉棚保持合适的温度。虽然如此，多数大树还是变成了干柴。不过老板有的是钱，一批树死了，又一批树就买来了，就这样周而复始，最后总会有几棵长出稀疏的新芽。

一棵大树得几百元吧！一日，石头问工头。

几百元怕是连根树枝都买不到，工头说。

这是何苦，糟蹋钱，也糟蹋树！石头说。

老板不栽树，你能有钱赚？工头说。

石头不再说话，埋头哼哧哼哧挖树坑。

公园对面有家洗浴中心，洗浴中心白天静悄悄，一到晚上就霓虹闪烁，半透明的玻璃窗上时常映出漂亮女子的曼妙曲线。石头经常对着那些曲线发呆。呆一会，他会给妻子打电话，可是妻子基本不接电话，偶尔接电话，也是说几句就挂掉，说是为了节约话费。

这日，铁锁约石头去洗浴中心玩玩，石头大惊，说，你好意思这样做？这样做对得起妻子？

我妻子天天被人欺负，就不许我心理平衡一次？铁锁愤愤不平。

你说什么？她们在那里干什么？石头瞪大了双眼。

你不知道？对了，你妻子刚去，我妻子出去好几年了，她再不承认，我也能感觉得出来。铁锁说。

石头半信半疑，看着铁锁独自走进洗浴中心，他感到比吃了苍蝇还恶心。回到工地，石头给妻子打电话，妻子关机。石头顿觉铁锁没骗自己，他感觉浑身冰凉，像进了冷库。

这日，石头他们正在挖坑，又一棵大树运来了，石头吃惊地说："这不是我们村那棵古槐吗？"

"是哪个不要脸的，把我们的古槐卖了！我日他奶奶……"铁锁骂骂咧咧。

骂归骂，他们能做的就是好好栽树。树栽好后，工头说老板买这棵树花了大价钱，为了让这棵树能够成活，要找两个人重点看护它，树活了，有奖，死了，受罚。一开始民工们谁也不敢应承。过了好一会，石头咬了咬牙说，我来吧！铁锁也跟着答应。

转眼半年时间过去了，这棵树虽说没死，但始终没冒出一个新芽。临近春节，石头问工头，奖金怎么算，工头说，树这个样子，你让我怎么和老板说，明年再说吧！

石头和铁锁回家不久，山妹她们也回来了。山妹的收入很令石头心动。山妹在南方干什么，她没主动说，石头也没多问。

转眼春节就过去了。还出去？石头问山妹。还是出去吧！再干一年，我们就能像别人家一样盖座漂亮房子了，山妹回答。去就去吧！我也出去，我得去照料那棵树，我怕它死了，石头说。

石头送走山妹不久，也背上行囊进城打工。走到村头，石头看着古槐被挖走后留下的树坑，心里一阵空落落的。

这年，石头和铁锁的心情虽说不太好，但也不算最坏。因为这年盛夏，一直半死不活的古槐竟发出了几个很短的新芽。拿到奖金这天，石头约铁锁一起去喝酒，之后就去了那家洗浴中心……

转眼一年时间又过去了，春节回家时，山妹和石头商议说，我们买下铁锁的新房子怎么样？我看挺便宜的，他们盖好后，一天都没住。

你看这山村还能住吗？连几千年从没停止泉水的泉眼都干了。再说，我们哪点比铁锁家差，凭什么他们可以做城里人，我们却依旧呆在山村。再便宜我们也不要，再干几年，我们也到城里买套房子。

这天，山妹和石头聊天时，忽然问起那棵古槐的情况，还说古槐促成了他们的爱情。石头忽觉鼻子一阵发酸，他沉默了好久才说，早就死了。

我要回家

这夜，雷利躺在木板床上辗转反侧，每一次翻身，床板都发出咯吱咯吱的声响，他变得更加孤独而烦躁了。

新疆的冬夜，气温特低，墙壁虽然很厚，他还是感到似有阵阵寒风不停向自己吹来，他使劲掖了掖被子，还是冷。

他打开电灯，苍白的灯光立即充满了空荡荡的房子，平日，房子里还有 20 多个民工，可现在他们都回家过春节去了，偌大的房间里只有他自己蜷缩在墙角。

当然，他也渴望回家，在这最特殊的日子里，谁不想回家呢！正是因为大家都想回家，他才无法回家。

他是工头，必须留下来看管工地。

四年之前，他还是个普通民工。他有心计，懂节俭，渐渐就有了些积蓄。后来，他用存款购买了架板和其他工具，贷款购买了搅拌机，就开始独立承包工程并当起了工头。

做工头完全可以轻松地看着其他民工干活，他为了收入更多些，一直照旧干活。每一项工程干完，他和民工们算清工钱，留下必需的生活费和其他费用，余下的，全汇到家里。

家里存款越来越多，他说不出有多高兴。

要不是一年到头没法回家，生活也算充实而幸福了。

算起来，他已经四年没回家了。

这夜，他感到自己掉进了冰冷的水中，他的双手不停抓挠着，却抓不到任何东西，于是身子不停地下沉、下沉——他已被孤独淹没。

他忽然冒出了要回家的念头，他渴望妻子温暖的怀抱，渴望亲吻孩子柔软的脸蛋，渴望给父母捶捶背、揉揉肩……这些念头一冒出来，就雨后春笋般疯狂生长起来，把他的身体鼓胀得满满当当，钻得他的心生疼生疼。

我什么也不管了，我一定要回家！雷利愤愤地想。

老婆，我要回家了！虽然是在半夜，他还是拨通了老婆的手机。

你真回家吗？你不会骗我吧！电话刚响两声，他就听到了老婆熟悉而陌生的声音。

我怎能骗你呢！

你回家，工地谁来看管？

工地算什么？我要回家，我想你，想孩子……雷利忍不住啜泣起来，与此同时，他听到了老婆的啜泣声。

你回家，我和孩子都很高兴，可工地总得找个可靠的人看管才行！妻子的声音有些颤抖。

你不用担心，我能处理好的。好了，不说了，等我回家再好好聊。

第二天，天还没亮雷利就起床了。在刺骨的寒风中，雷利看着屋子周围一望无际的黄沙，不禁叹了口气。这里虽然靠近铁路，然而因为刚开发的缘故，周围十几公里还没有固定住户，再说，他与当地的居民又不熟悉，到哪里找人看工地呢？

他思来想去，实在想不出解决办法。

你找到看工地的了吗？我和孩子都盼你回来！

下午，看到妻子发来的短信，他过了好久才回复道：找到了，放心吧！我今晚就动身，5天后，保证到家。

其实，路上的时间3天已足够。他之所以说5天，是为了留出时间解决这边的问题。

可是有什么办法呢？他也曾拨打了几个民工的电话，并答应给他们很高的工钱，可他们都毫不犹豫地拒绝了。

到哪里了？两天后，雷利再次接到妻子的短信。

到兰州了，旅客多，非常挤，但我已经买到明天的车票了，放心吧！我会顺利回家的！雷利回复。

他知道，如果自己最终不能回家，现在这样回复，只能让妻子更伤心，他不希望妻子现在就知道真相。如果最终他无法回去，他希望家人知道得越晚越好。

你抓紧回来吧！家里出事了，乐乐妈不见了，有人说，有个男子把她带走了……第三天，他接到母亲打来的电话。

放心吧！没事的！她一定是听我要回家，提前到车站接我了！我打电话问一下就知道了！他对母亲说。

就拨打妻子的手机。

关机。

他只得给妻子发短信。

几个小时后，他接到了妻子的回复：我对不起你，我没脸见你，我不求你原谅，只求你善待我们的孩子，存折还藏在老地方，我一分没动。我走了，你别找我，你也找不到我。找个好女人重新开始吧！另外，如果可能的话，别再过两地分居的生活了！

他急忙拨打妻子的手机。

关机。

这时，透过茫茫沙尘，他看见铁路上又一辆列车呼啸而过。

# 你幸福就好

大学即将毕业的时候，有一周的校内实践课，当时我被分到了保卫科。那天深夜，保卫科长让我出去看看有没有异常情况。当时校内有闹鬼的传闻，我虽然不相信有鬼，可是一个人走在寂静的校园里，还是难免有些紧张。

忽然，远处传来若有若无的哭声，我不禁打了个冷战。壮着胆子，侧耳细听，哭声是从图书楼上传来的，这座楼刚刚建起未用，怎么会有哭声呢？我用手电朝上一照，一个白影在楼顶一闪。我吓得拔腿就跑。

跑回保卫科，我说明情况后，科长说上去看看。楼内一片漆黑，我们慢慢爬到顶层，发现拐角处有一团白色的东西，十几把手电一齐照过去，原来是一个女生。保卫科长询问她，她既不抬头，也不说话。两个人把她拉了起来，我一看差点晕倒，她竟然是我的女朋友。

我这么称呼她，是因为我已经追她四年了。她美丽而淳朴，冷艳而忧郁。刚入校，她那独特的气质就把多数男生征服了，大家近乎疯狂地追求她，纷纷碰壁后，都转而追求别的女生，我却坚持了下来。就在白天的时候，趁她不注意，我第一次吻了她，当时她猛烈地推开了我，眼里还溢满了泪水。

回到保卫科后，不管谁询问，她都沉默不语。我单独问她，她也不说，难道是为白天的事？太夸张了吧？保卫科长看出她也许有难言之隐，就找了位女教师单独询问情况。

第二天，保卫科长告诉我：她家中贫穷，无力供她上大学，她就想找个婆家供她上学。可是她的家乡实在太穷了，想找个既有钱又勉强能让她接受的人也不容易，最后勉强找了个临村的小学教师。他是从省城来的，很矮很丑，岁数也大。当初约定，他供她上大学，毕业后再结婚。四年来，他们接触很少，她感激他，却无法真正爱他。而在我的不断追

求下，她不由自主地爱上了我。如今眼看就要毕业了，她内心非常矛盾，实在不知道应该如何选择。因为选择他，就失去了爱情；选择我，就违背了道义。她实在难以抉择，最后就产生了轻生的念头。

保卫科长说完，我心中五味杂陈，我为女朋友从心底爱我而高兴，又为她的处境而感慨。虽然我的家庭情况很好，完全可以偿还她上学花的钱，但是那个男子的青春和情感怎么补偿呢？

我正在焦虑万分的时候，女友的父亲和那位教师风尘仆仆地赶来了，同来的还有一位中年妇女。中年妇女拉着女友的手说，出了这件事，我心中的石头总算落地了！四年前，孩他爸与我说了你的情况，我们被你一边干农活，一边上高中，最终考上大学而感动，我们想资助你，可是实话告诉你，又怕你不接受，我就出了这个馊主意。几年来，我既怕孩他爸对你有想法，又怕你真的爱上孩他爸。现在好了，什么事都没有。青年对你这么好，快答应他吧！嫂子替你做主。

女友哇地一声，两股热泪喷涌而出。后来，我放弃了父母为我们在省城找好的工作，和女友回到了她的家乡，于是那所山村小学就同时有了两位年轻的教师。那位男子，也因为山村不再缺教师而重新回到了省城。我们在山村教书，虽然闭塞，生活却很幸福。

转眼间，十几年过去了。这天，我们到省城办事，忽然想起那位大哥，就找了个熟人打听他的情况，熟人吃惊地问，难道你们没有联系。我们摇头。熟人介绍了他的一些近况，最后说，其实当时他根本没结婚，那位妇女是他的嫂子！

知道实情后，我们无比震惊。真想不到大哥会借一个谎言毅然退出这场爱情纠葛，让我们毫不内疚地享受幸福。妻子的泪水吧嗒吧嗒滴在地上，这泪水，也同时滴进了我的心里。

故事背后的故事

作为一位青年语文教师，平昶上课很灵活。这天，他一走进高三（6）班教室，就说他刚听说一个爱情故事，不知大家愿不愿听。同学们异口同声地说愿意。平昶笑了笑说："我就知道，同学们对这个感兴趣。"

故事的主角是年轻姑娘小美，她爱上了一个既有钱又有魅力的已婚男子大军，就决定不惜一切代价去追求他，令小美想不到的是，她很快就成功了，于是大军就和她走进了幸福的婚姻殿堂。讲到这里，平昶停了下来。同学们纷纷摇头，平昶问为什么，同学们异口同声地说老掉牙、没意思。

平昶说，其实，这仅仅是故事的开始，那么故事会朝哪个方向发展呢？同学们预测一下吧！

同学们思考片刻，很快发起言来。有的说，其实小美根本不是看上了大军的人，她只是看上了他的钱，于是趁着大军出差，卷走了他的所有钱财；有的说，其实小美是大军生意对手派来的卧底，小美到来之后，把大军重要的商业机密都窃走了，于是大军很快就破产了，小美得到一大笔报酬后，就同她真正的相好远走高飞了；有的说，小美同大军生活了很长一段时间后，忽然发现大军根本没同他原来的妻子离婚，他只是办了一张假离婚证，不用说，他们的结婚证也是假的……

待到大家发言结束，平昶说："同学们的预测都非常有创意，并且充满了现代气息，不过，我的故事没有这么现代。小美真诚地爱着大军，大军也确实和她结婚了。他们结婚之后，很快就有了孩子，于是小美就当全职太太了，大军继续在外面闯荡。想不到两年以后，大军像当初带着小美去见他的前妻一样，带来了一个比小美更年轻的女孩，不用说，大军是来跟她离婚的。她的精神世界轰然倒塌了，不过她最终没有同丈夫离婚，小美是那种为了爱，敢于付出一切的人，爱没了，活着还有什么价值，于是她就选择了自杀！"

平昶说完，喧闹的课堂一下静了下来。

过了一会儿，平昶说，这是一个真实故事，大军的第一个妻子是我的一个远房亲戚。不用说，小美的爱情是个悲剧，但是悲剧根源在哪里呢？

同学们一开始都默不作声，接着就开始热烈地讨论起来。

讨论结束，各个小组都派出代表进行了发言，最后班长总结道："小美的悲剧在于她的努力方向错了，追求真爱是对的，但是对象不该是个已婚男子，因为如果那个男人是个负责任的好男人，她就不会成功；如果她能够获得成功，就说明他不是个好男人，所以无论如何……"

班长的话还没说完，同学们就热烈地鼓起掌来。

平昶说："刚才同学们的发言都很有见地，班长的概括也很好，他的总结也是我最想说的，其实生活中很多事情都是这样的，如果你的出发点错了，无论成功与否，结果都是悲剧，所以很多事我们一定要三思而后行！"

这时，下课铃响了。

这节班会课过去半年多了，平昶对这节课的效果还是较为满意的。因为从这节课后，他一直认真观察着学生，没有任何学生表现异常。

还有另外一点需要交代，那就是从这节课以后，他就再也没收到那种特殊的短信了。那些短信虽然来自不同号码，表达方式也各有不同，但是经过分析，所有短信都是班里某个女生发来的，虽然他不知道那个女生是谁，但是他知道那个女生一定是暗恋上了他。

网店与爱情

　　近来，小张颇为苦闷，因为他的爱情与事业同时出了问题。

　　先说爱情，他与女友王昀是通过网络认识的，王昀不但长得漂亮，而且很诚实。小张认为现代社会，诚实最难得，也最重要，所以特别喜欢她。

　　可是，近来小张忽然发现王昀并不诚实。王昀一直说自己是个上班族，家庭条件不好。其实，她的家庭条件很优越，她自己也管理着一个有数家连锁店的工艺品店。

　　至于事业吗，那是因为他前些日子开了个网店。虽然是在网络世界，他认为诚信也是非常重要的，所以店里的东西绝对货真价实。然而，却几乎没人买他的东西。

　　两件事，缠到了一起，哪件事也不好解决。为此，小张天天发愁。

　　这天，小张家中有事，网店没人管理，就委托王昀帮忙料理一下。转眼半个多月过去了，等小张急匆匆地赶回来，当他打开住所大门时，大吃一惊，因为原来几乎塞满了东西的小屋竟然已经空荡荡的了。

　　不好！遭贼了！

　　他颤抖着双手拨通了王昀的电话，当他说明情况后，王昀哈哈大笑。你就不会往好处想一想，如果我说那些东西都被我卖了，你不会相信吧！你还是看一下自己的银行账户吧！说完，王昀就把电话挂了。

　　小张立即看了一下自己的账户，果真如此！那天，小张很快又收到了十几个订单，他一边高兴，一边纳闷。自己经营时，好几天都卖不出一件东西，怎么王昀来了，一下就变了呢？

　　晚上，小张约她到蓝色雨咖啡店喝咖啡。

　　平时，王昀穿着非常朴素，不知为什么，今晚她穿得特华美特性感，一袭半透明的薄纱黑裙，衬托得她的肌肤更加细腻而白净。只看一眼，小张就禁不住心跳不止。有一段时间，他们谁也没有说话，就那么静静地欣赏着音乐，默默地品着略带苦涩的咖啡。

"你一定想知道我用什么办法搞活了你的网店吧，你应该早就知道，没人同你做生意，那是因为你缺少信用，可是既然没人同你做生意，你又怎么表现自己的信用呢！"王昀的话虽然有些饶舌，但他还是一下就听懂了。毕竟，他最近一直在思考这个问题。

"对呀！"小张品了一口咖啡说。

"现在，你的网店可以顺利经营下去了，你就好好地讲你的信用吧！至于我那些手段，像你这样的正人君子就没必要了解了！"王昀略带讥讽地说。

小张软磨硬泡，王昀才说出自己是通过刷信用的方式获得信用的。知道谜底后，小张实在不知说什么才好。其实，刷信用的事他早就知道了，那是一种类似于欺骗的手段，通过一些虚假的交易来获得信誉。非常注重信用的他，确实不喜欢干那样的事。但是，不这样做，还有更好的解决办法吗？想到这里，小张不禁再次联想到王昀对他的欺骗，要是王昀一开始就实话实说，自尊心很强的他，哪有勇气同她交往呢？

经过一夜辗转反侧，小张决定明天正式向王昀求婚。

第二天上午，当小张把王昀约出来，并深情地献上一束红玫瑰时，王昀心里比喝了蜜还甜。

其实，王昀这次还是欺骗了他，她并没有刷信用。那些东西多数是王昀让她外地的员工购买的，王昀告诉分店经理，员工们只要从小张网店购买了东西并如实评价，总公司可以报销50%，还说这是给员工的福利。小张网店的东西本来就货真价实，这么便宜的事，员工们怎能不疯狂购买呢？

前几天确实只有她的员工在购物，令王昀高兴的是，最近几天，她发现竟然有越来越多的人前来购物了。

王昀让员工们购买小张的东西，除了想鼓励小张把网店继续经营下去，还想通过这种方式，使他的网店获得最初的信用。她之所以欺骗小张说自己刷信用了，是想委婉地告诉他，世上有些事不要一点手腕是不行的。现在，她还不打算告诉他，等时机成熟，她会向他说明一切的。

她相信，小张的网店会顺利经营下去的，一如他们的爱情。

 # 爱你一生

老赵和妻子萍一生恩爱，结婚几十年来，几乎从未红过脸。可是偏偏恩爱夫妻难到头，老赵五十岁那年竟然得了肠癌，等查出来，已接近晚期了。接着是手术、放疗、化疗，虽然坚持了两年，但是最后的日子还是无法阻挡地逼近了。

这天，老赵躺在病床上，奄奄一息。他的家人都围在他的身边，看得出，他的时日已经不多。

医生刚刚给他注射过杜冷丁，他的疼痛已经开始缓解。

老赵的气息越来越弱了，忽然，他有些吃力地睁开眼睛，指了指儿女们，用沙哑的声音说：“我有话要和你娘交代，你们回避一下吧！”

大家看了看母亲，萍向大家点了一下头，子女们就暂时到了门外。

“我这一生最大的幸福，就是娶了你这个好老婆！可惜我走得太早了，我不甘心呀！”老赵断断续续地说。

“别说了！别说了！你不会有事的！”萍已经泪落如雨。

“有些事情我必须告诉你，不然我死了也不会心安的！我对不起你，你对我这么好，我还是做了对不起你的事。”老赵喘了一会儿气，接着说。

“怎么！你难道？”萍惊疑地瞪大了眼睛。

“你不是一直怀疑我和红雪有染吗？你猜对了，在我们做邻居期间，我确实和她……在她搬到云南之后，我还借着出差的机会，找过她两次。几年前她出车祸死了，我也要死了，我没有什么好顾虑的了。”

“你……你一定是骗我的吧！”萍擦了擦眼泪说。

“没有，活了一辈子，说了一辈子假话，我总得说一次真话吧！”老赵说。

“你为什么告诉我这个？你为什么告诉我这个？我情愿你一直骗我！”萍情绪激动起来。

"我本来早就想向你坦白，可是害怕你饶不了我才一直没敢说，这些年来，我的良心一直受到煎熬！现在我终于可以毫无挂碍地走了……"老赵两滴浊泪慢慢流了下来。

"良心，你还有良心，你的良心早被狗吃了！我为了你和这个家付出了我的一切，想不到你却这么对我！"萍越说越激动。

父母的对话，门外的儿女们听得清清楚楚，听到母亲如此激动，他们却不知怎么处理才好。

萍突然嚎啕大哭起来："你这个没良心的，我杀了你！"

门外的儿女们急忙跑进来，他们看见母亲拿着一把剪刀朝父亲刺去，父亲急忙歪头躲闪，儿女们急忙拉住母亲，并从母亲手中夺出剪刀，当他们好不容易安抚好母亲，却看见父亲就那么僵在那里，不再动弹。

儿女们急忙去试父亲，哪里还有气息。父亲的头歪在一边，惊恐之中似乎还带着一丝笑意。

儿女们嚎啕大哭起来。萍呆呆地坐在地上，两眼呆滞，过了好久才跟着子女们哭了起来。

几天以后，有位身着白衣的中年女子在一座新坟面前一边烧纸，一边絮絮叨叨："老赵呀，老赵！你说你怎么那么胆小呢？你以为我还真会刺伤你，我不就是为了满足你的心愿，让你以为我信以为真吗？你的那点心思我还不知道，我不就是没答应你你走后再去找个老伴吗？你以为这样骗我，我就恨你，我就同意了……你放心吧！我会照顾好我们的孩子，照顾好我自己的……"

# 神秘顾客的爱情

　　在一个环境优雅的高级酒店里，一对青年男女正在用餐，虽然饭菜非常丰盛，男子也殷勤地一再相劝着，但女子还是吃得很少，不知什么原因，女子一边吃一边不时浅浅地皱一下眉头。

　　也许是对女子的表现毫无察觉，男子依旧不时催促服务员干这干那，旁边的服务员只得点头哈腰地不断服务着。

　　当他们结完账离开酒店时，大街上已是华灯初上了。

　　"我们到哪里逛一下呢？"男子对坐在副驾驶位置上的女子说。

　　"你还是直接送我回家吧！"女子淡淡地说。

　　"怎么了？我惹你生气了吗？"男子急忙问道。

　　"我们没有共同语言！"女子说。

　　"有没有共同语言至少也得谈一下吗，你对我压根就不了解啊！"

　　"我对你已经非常了解了！"女子说。

　　"难道就是通过吃这顿饭吗？说说看，你了解到了什么？"男子脸色骤变。

　　一开始，女子什么都不说，男子一再请求，女子就分析开来："首先，你缺乏修养。其实，酒店的服务已经很不错了，你为什么还那么挑剔，服务员就可以随便地呼来喝去吗？"

　　说到这里，女子停下来看了一会男子。男子默不作声。

　　女子接着说道："其次，你不懂节俭。明明就我们两个人，为什么弄那么多饭菜呢？"

　　女子再次停了下来，男子依旧默不作声。

　　女子继续说道："还有一点，虽然我不想说，但我又不得不说，你有很多坏毛病，譬如自始至终，你一直在偷拍我，虽然你做得很隐蔽。你必须把偷拍内容立即删除，否则，可别怪我不客气！"

女子说完，就下了车。

"你听我解释！"男子也急忙下了车。

"不，你根本不用解释，我看到的其实远不止这些，我甚至能够看出你母亲的为人，我知道她是单位的一把手，如果我没有猜错的话，你要了发票是为了让她给报销吧！"女子轻蔑地说。

"总而言之，你虽然家庭条件很好，却无所事事，并养成了很多坏毛病，我不喜欢这样的人！"

"不！不！不是这样的，看来我必须向你做出解释了！虽然我的工作需要保密。"男子急忙解释道。

原来，男子从事一种叫神秘顾客的特殊职业，也就是以潜在或真实消费者的身份，对某种顾客服务过程进行体验与评价，然后反馈消费体验。这次，他就是接受这家连锁店总部的委托，对这家酒店进行体验的。不用说，他之所以非常苛刻地一再挑刺就是为了查看对方的容忍程度如何，至于饭菜的消费量也是那边给规定的，而偷拍目的是为了把拍摄内容发给人家，索要发票也是为了让那家单位给报销，当然，如果那边对调查满意的话，他还会收到一笔不错的报酬。

听完男子的介绍，女子惊疑地睁大了眼睛，她实在想不到世上还有这样的工作，就一再盘问男子真假，最后终于相信男子所言非虚。

"我本来不打算同你在这儿见面，可是我们公司临时安排了我这项任务，我的时间实在调不开，希望你不要介意！"男子说。

"怎么会介意呢！你太有才了！连谈恋爱都在赚钱。你看我是否适合干这个工作呢？"女子热切地问道。

"干这个工作，最重要的是要有较好的记忆和观察分析能力，就你刚才的表现看，绝对适合，我们公司正为找不到理想人才而发愁呢！"男子说。

"耶！"女子兴奋地一下跳起来，紧紧抱住了男子的脖子，全然忘记了这是他们第一次见面……

我也要朝活

叶蔷刚刚进入梦乡，楼上就传来了开门和关门声，叶蔷翻了个身，愤愤地骂了句，接着睡，可是怎么也无法再次入睡，因为楼上弄出的各种或大或小的声音，不住地刺激着她脆弱的神经，她禁不住又骂了几句更难听的话。

叶蔷有个毛病，那就是睡着后如果被人吵醒就很难再次入睡，可是自从她租住了这座房子后，楼上的那对夫妻似乎故意和她做对，每天都是这样，很早就弄出各种或大或小的声音，这让她非常生气。

她在床上辗转反侧了好久，才发现窗外透进一丝光亮来，叶蔷看看表，刚刚4点半。真是有病呀！起床这么早！叶蔷不禁又骂了句。

从被吵醒，她几乎没睡着，但叶蔷还是和往常一样，赖在床上直到10点多才起来，她洗过脸，还是觉得头昏脑涨，两个眼睛更是红得厉害。

中午出去买饭时，叶蔷碰巧看见楼上那对夫妻有说有笑地从楼下走上来，叶蔷非常生气地瞪了他们一眼，那对夫妻很不解地看了看她，照旧说笑着上楼去了。

叶蔷吃完饭，和朋友整整玩了一天，当她回到住处时，已经接近晚上11点了，不过她一点睡意都没有，她在12点之前很少睡觉，今夜她和几个朋友在舞厅跳过舞，朋友一直跳那种节奏很慢的舞，这让喜欢跳快节奏舞蹈的她玩得极不尽兴。回到家，她就打开音响，疯狂地跳起舞来。

她正跳得高兴，忽然响起了敲门声，这个时候，谁来干什么？叶蔷通过猫眼一看，竟然是楼上那对夫妻，于是非常不高兴地开了门。

"请问您能不能把音响声音调得小一点？"那位女子小声说。

"请问我为什么要调得小一些呢？"叶蔷故意反问道。

"声音太大，影响了我们休息。"楼上的女子说。

"你们还知道受影响呀？那你怎么不想想每天早上4点就起床，会不会对别人造成影响呀！"说完，就"砰"地一声把门关上了。

生气归生气，叶蔷还是调低了音响的音量，12点多就收拾一下上床了，可是她仿佛刚刚合眼，楼上照旧响起了开门关门声。受不了了！受不了了！我要想办法尽快离开这里。

两个月之后的一天下午，叶蕾正在家中看电视，忽然看见本市电视台正在做一期访谈节目，而受访的人竟然是楼上的那对夫妻，叶蕾感到不可思议，她实在想象不出他们能有什么本事竟然被电视台采访，于是好奇地看了起来。

原来他们夫妻二人都是作家，今年竟然各自出了一部很有水平的长篇小说。

"听说你们都是普通的上班族，并且工作时间很紧，哪有时间写作呀？"主持人问道。

"我们都是在清晨写作，我们很少看电视，一直坚持早睡早起，一年四季每天4点准时起床，活动一个小时，5点开始写作，6点半左右开始做饭，并为一天的生活做好准备，然后去上班！对很多人来说，去上班是一天的开始。可是我们却觉得上班之前那段时间是一天中最重要的时间，或者说，上班之前我们已经把一天中最重要的事情基本做完了！"那位女子说。

"这么说你们是典型的'朝活族'了！"主持人说。

"也可以这么说吧！'朝活族'虽然是个新名词，但其实我们已经朝活了许多年了！"那位男子说。

叶蕾想不到这看起来年龄比自己大不了多少的夫妻，竟然取得了如此惊人的成绩，而自己正好相反，每天在近乎疯狂的夜生活中，耗费了太多的青春和精力。

几天后的一个上午，叶蕾出门时正好碰上了那对夫妻，她非常热情地向他们打了个招呼，并真诚地说："祝贺你们！年纪轻轻就成了作家，以前影响了你们，真诚地向你们道歉！"

"不！其实应该道歉是我们！我们起床早，虽然尽量少弄出声音，但还是影响了你，今后我们一定会更加注意！"楼上的女子说。

"不，不用，你们以前确实影响了我，但是以后再也不会影响到我了！"叶蕾急忙说。

"怎么了？难道你要搬走？"

叶蕾说："有你们这么好的邻居，我怎么舍得搬走呢？自从看了那期节目，知道了你们非常了不起的成就后，我就决定改变自己，我要彻底和过去的生活方式说再见，不做'夜活族'了，我也要做个健康有为的'朝活族'！"

 # 轻轻的一个吻

晓韵各方面都非常优秀，就是找对象有些不顺。一开始她也没怎么介意，反正年轻嘛！不知不觉间就已经 30 出头了，女人到了这个年龄再找不到对象是非常危险的，晓韵自己也非常清楚，于是想尽快找个人嫁出去，可是不知为什么，就是没人追求她，她好不郁闷！

当然，也有很多好心人为她着急，于是纷纷为她张罗对象。但无论哪个，和晓韵处几次后都纷纷打退堂鼓，晓韵既生气又纳闷，私下一了解，男青年都说她像块木头。也难怪别人有这样的感觉，晓韵自己都感到自己像块木头，与一个从未谋面的陌生男子在一起，有什么好交流的呢？连话都懒得说，还能有情趣可言？

晓韵把自己的状况在博客里写了下来，向网友寻求帮助，多数网友认为这与她在网络世界中幽默风趣的特点极不一致，可能是心理有问题。晓韵向网友征求解决办法，有一个网友认为她过惯了虚拟世界中的生活，以致到了现实生活中反而不适应了，所以最好的解决办法就是找个网友实习一下恋爱过程，从而完成虚拟向现实的过渡。

实习一下，过渡一下，晓韵认为这个创意不错。可是真要付诸行动，她还有一定的心理负担。促使她下定决心要进行实习的是又有人给她介绍对象了，而晓韵不希望再次失败。

晓韵在博客里公布了自己的想法，很快就有数位青年前来应征，晓韵仔细挑选一位，他们约定在文心广场见面。

这天是周末，广场上人来人往，非常热闹，晓韵紧张的心渐渐放松了。这时，一位高大帅气的男子出现在她的面前，晓韵心跳顿时加快了许多。他谈吐文雅、风趣幽默，晓韵不自觉地就喜欢上了他。那天，他们玩得非常尽兴。

不知不觉间，夜幕降临了。晚风徐徐，灯光柔和，城市的初夜充满

了浪漫气息，他们肩并肩慢慢走着，晓韵自然而然地靠在了他的肩上。

"我要正式追求你！"那位男子忽然抱住晓韵说。

也许是因为从未和任何男子有过如此亲密的接触，也许是因为真的爱上他了，反正那位男子刚说完这句话，一种触电般的感觉立刻传遍晓韵全身，他们的唇也自然而然地粘到了一起，一种美妙的眩晕感瞬间传遍她的全身。

这种感觉只持续了几秒，也许只有一秒甚至半秒，晓韵就立刻清醒了过来，她努力推开那位男子说："我们才第一次见面，怎么能这样呢？"

那位男子喃喃地说："对不起！对不起！我实在太喜欢你了！"

回到家中，晓韵陷入了深深的矛盾之中，是把这份虚实参半的爱情继续下去，还是结束这份情感，完全踏进现实之中？

那夜，她失眠了。

第二天，媒人催她与青年见面，晓韵找不出推托的借口，就同意了。为了减轻心理压力，她把见面的地点还是定在了文心广场。当媒人把他们领到一起时，他们同时都愣住了，这位青年正好是昨天刚见面的网友。

"难道你们早就认识！"媒人问道。两个人都点了点头。"那更好，你们随便聊！我先走了！"

媒人一走，两人同时陷入了尴尬之中。晓韵既害羞又生气，她歪着头，一句话也不说，那位男子也不说一句话，两人就这样呆呆地站着。

"昨天还那么活泼，今天怎么就变样了，在现实生活中，你难道真像块木头？"过了好久，那位男子语带讥讽地说。

"你不像木头，第一次见面就和人接吻，我看你压根就不是什么好东西！"晓韵生气地说。

"我还正想问你呢，你难道同任何网友见面都这么随便地投怀送抱？"那位男子刚说完，晓韵就狠狠地给了他一记响亮的耳光。

不用说，晓韵这次恋爱又失败了。

后来晓韵经常想：倘若没有那一吻，那次恋爱又会有怎样的结局呢？

 # 因 为 爱

这天，轩筠忽然接到了一个陌生号码发来的一条短信："很久没与利文见面了吧！你难道不害怕他变心吗？今晚回家看一下吧！没准他正和别的女子亲热呢！"

利文是轩筠的未婚夫，他们准备三个月后结婚，现在轩筠在岛城学习。

接到短信后，她忽然觉得非常想念利文了，就决定回去一趟。也许是对短信内容半信半疑吧，她没有把回去的事告诉利文。

轩筠坐上飞机，回到莒城，打的来到了新居所在的小区时，已经是晚上10点多了。

她轻轻打开屋门，悄悄朝屋里走去。她脚步很轻，心跳却十分剧烈。卧室的门半开半闭，从门缝里透出一束粉红色的光。

透过门缝朝里看去，她一下呆住了，因为她看到的不是利文，而是一个衣着暴露的性感女郎，她猛然感到头一阵发晕，于是急忙扶住墙壁。

"都多大了，还玩小孩子的游戏，你以为我听不见吗？"那位女郎说。

"你是什么人？和利文是什么关系？"轩筠大声吼着。

"我是谁你管得着吗？我倒要问问你是谁？"那位女郎毫不客气地说。

她们争吵了一会，轩筠认识到自己跟她说不清楚，就问利文在哪里，她说下去买东西去了，很快就会回来。轩筠转身跌跌撞撞地朝楼下跑去。

来到楼下，她实在不知怎么办才好，她刚拨了一下利文的手机，又立即挂断了。她想：虽然眼前的事是和尚头上的虱子——明摆着的，可是如果利文还想和她结婚，找个借口骗骗她还不容易。如果利文压根就不爱她了，即便找到他又有什么用。

她走在大街上，茫然若失。不知从什么时候开始，天空下起了细雨，轩筠也不打伞，也不躲避，只是独自徘徊在大街上，任冷雨把自己淋湿、凉透。

第二天，轩筠就返回了岛城，回到岛城后她一直在看自己的手机，可是一连三天过去了，利文不但没给她任何解释，甚至连一条短信都没给她发。看来利文真变心了，轩筠彻底失望了，她再也无心学习，就接受了一家单位的聘请，去了一个遥远的城市。为了忘掉过去，她干脆换掉手机号，并不和莒城任何一个朋友联系。

转眼间，两个多月过去了。这些日子，虽然也有男子对她表示好感，但是她都毫不犹豫地回绝了，她一直在想，表面上看，利文多么优秀，对自己多么体贴，他们曾多少次海誓山盟，想不到他转脸就变卦了，既然这样，还有哪个男子值得信任。

这天中午，她刚走出单位的大门，忽然有人一把拽住了她，轩筠回头一看，大吃一惊，因为这个男子满脸胡须，面容憔悴，简直就没有人样，虽然如此，轩筠还是立即认出他就是利文来，一下看到他变得这样，她还是不禁心疼起来。

"你可以不爱我，但是总得给我个理由吧！为什么连解释都不解释就人间蒸发了呢？"利文边说边流泪。

利文这么一说，轩筠又不禁生气起来："需要做解释的应该是你吧！"

利文说："我没有做任何对不起你的事，那天晚上的事纯粹是一个误会！"

轩筠冷笑着说："你说误会就算是误会吧！我倒要听听你怎么编造一个理由！"

利文急忙解释说，他买来新床后，睡上去老是感觉不太舒服，于是就寻找原因，可是始终找不到，就在他一筹莫展时，碰巧通过朋友认识了一个名叫雨润的试床模特，就请求她帮忙，那位模特说需要具体看一下卧室并试睡上一晚才行，本来说好一晚就行了，可是她说第一晚没有感受好，就免费加试了一晚，经过两晚试睡她终于发现了床的问题，厂家给做了调换后她又给试了一晚。

在这个过程中他始终睡在外面，也就是在她试睡的最后一晚，正好被轩筠回家碰见了，几天后，当雨润告诉他情况后，他急忙联系轩筠，可是却始终联系不上。当他处理好手头的业务来到岛城，轩筠却早已不知去了哪里，于是他一直在寻找轩筠。在这个过程中，他有好几次差点崩溃了，多亏了那位叫雨润的模特一再鼓励，他才坚持了下来。

轩筠冷冷地说："你编的这个理由看上去也算合理，可是如果真是这样，她为什么不说明自己的身份呢？其实当时她在言语之间早就透露了你们有不正常的关系。”

轩笃刚说完，一直站在远处的雨润就走了过来，她红着脸说："这事都怪我，当时我把话说得模棱两可，就是为了让你产生误解。我之所以这样做，是因为从见到利文开始，我就被他吸引住了，通过接触，我更发现利文不但有才华，而且对人十分体贴，于是就爱上了他，其实床的问题我第一晚就发现了，我之所以一试再试就是为了多接触他，并企图获得他的好感。利文之所以一直没有向你解释，也是因为我故意没把这事告诉他，从而让你们产生隔阂我好趁虚而入。这些日子我陪利文到处找你，一开始也是为了继续接触他，可是我发现利文太爱你了，就为我的过错感到十分后悔，于是就暗中发誓一定要帮利文找到你。"

雨润刚说完，利文一把抓住她狂吼道："你怎么能这样呢？你怎么能这样！我一直认为你是好人，想不到你的心肠竟这么坏！"

雨润哭着说："我罪孽深重，你们怎么惩罚我都行，我不祈求你们原谅，但是衷心地祝你们幸福！"

轩笃生气地说："够了！你们跑这么远，难道就是为了演一场不怎么精彩的戏吗？"

那个女子一下跪倒在轩笃面前说："你可以不相信我，但是千万不要不相信利文，他绝对没有骗你。如果不是巧合，那天你之所以回家，应该是因为接到一条短信吧，那条短信是我发的，我现在还能背出短信的内容。"

轩笃和利文的误会最终还是消除了。当他们一起来到新房时，轩笃发现利文已经把新房布置得非常不错了，她在新房里不停地看这看那，不时露出会心的微笑，最后她在床上坐了几下，然后躺了一会，接着又弹簧般跳了起来。

"你真的爱我吗？"轩笃问道。

"那当然！"利文深情地说。

"那么就把这张床换了吧！"轩笃平静地说。

"你可以生我的气，也可以生雨润的气，但是没必要生这张床的气。雨润可是全国最好的试床模特，她曾向我保证过，她的感觉绝对专业。"利文说。

轩笃淡淡地说："她的感觉也许是最专业的，可是不一定适合我，我只相信自己的感觉！"

别让爱擦肩而过

我是在看电视时认识她的，当时她在参加一档电视相亲节目。她的名字叫江琳，口才好，气质佳，素质高，是真正难得一见的美女。

当然，不单我这样认为，参加节目的男嘉宾们也几乎都这样认为，甚至有不少男嘉宾就是冲着她来参加节目的，然而她却非常令人失望，她很少肯为男嘉宾留灯到最后，即便偶有特殊情况，关键时刻，她也一定会退缩。每当主持人或男嘉宾问她原因，她总能说出非常恰当的理由。

多数男子碰壁后，都退缩了。有个男子却在接连遭遇两次拒绝后，又一次来到了电视台。因为这个男子实在太优秀了，甚至有好几位别的女孩同时看上了他，虽然这个男子对她们一概毫无兴趣，江琳依旧不领情。大家都觉得江琳难以理喻。甚至有人猜测她来参加节目，根本不是为了找对象，而是另有所图。此后不久，江琳就离开了那档节目。

想不到几个月后，我竟然与她在现实生活中见面了。那时我到外地进货，她也在进货。进完货，正好到了中午吃饭时间，我以她的粉丝的名义，请她到附近的饭馆吃饭，她很爽快地答应了。吃饭时，我问她现在的恋爱情况，她很坦然地说，她打算首先经营好自己的服装店，等有了经济基础之后再说。

我问："如果你的店一直经营不好呢？"

"那就一直不找了呗！"她莞尔一笑，接着说，"凭着我聪明的头脑和不错的人气，我的店一定会经营得很好的。这不，刚开业几个月，生意就压过了很多老店。"

"难道你参加节目不是为了找对象，而是为了积累人气！"我有些吃惊。

她再次莞尔一笑，不置可否。

此后，我进货时，几次与她碰面，从她进货的频率和数量上来看，她的店应该经营得很好。

令我吃惊的是，一年之后她再次进货时，和她一起来的，是一个接近40岁的男人。他的名字叫王勇，个不高，也不帅，或者说看上去有些猥琐。我实在不敢相信，如此高傲的她，竟会爱上这样一个人。我猜测这个男子一定很有钱，进而认为她也不过是个嫌贫爱富的势利女子。

她约我一起吃饭，我答应了。吃饭时，我悄悄了解了一下他的情况，想不到他既没有钱，又没有特长，可以说几乎一无是处，这更令我感到吃惊了。

也许江琳看出了我的惊诧，在王勇出去结账时，江琳说："你一定不理解我为什么找了个这样的男人吧？我之所以这样做，是为了降低爱情风险。上大学时，我有一段刻骨铭心的爱情，可是他太优秀了，优秀得我根本无法驾驭。大学毕业后，他很快就有了新欢。那时我简直伤透了心，甚至连自杀的想法都有了。也就是从那时起，我渴望一份爱，又害怕驾驭不了对方，于是一次次与爱擦肩而过。后来，我终于知道一个女子最需要什么，那就是自立自强，于是开始把上节目积累的人气转化为金钱。他是从电视上与我认识的，从我做完第一期节目，就很快收到了他的来信，虽然我对他的来信没有任何反应，但是他却坚持不断地给我写信，我想他也许没有任何优点，但一点是肯定的，那就是他一定非常爱我。如今，和他交往，虽然平淡，却很幸福，这正是我最渴望的。"

听完她的诉说，我内心开始滴血。其实，从在电视上第一次见到她，我就深深爱上了她，只是苦于自己既没有成功的事业，又没有优秀的外表，所以连向她表达爱的勇气都没有。我是多么后悔呀！如果我像王勇那样勇敢，也许现在在她身边的就是我了。

此后，我又接连碰到过她好几次，有几次我甚至想说我也是爱她的，但每次话到嘴边，都咽了下去。也许他们已经结婚或办理登记手续了吧，我不想做第三者。

半年后的一天，我突然收到一条她发来的短信："我们明天就要结婚了，说实话，和王勇结合，我多少有些无奈，其实我更喜欢你这样的男人。当初我和你介绍王勇的情况，就是希望你能勇敢地说出你对我的爱，可是我只读出了你眼中的遗憾，却没读到勇气……"

我欲哭无泪，我知道一份美好的爱情，真正和我擦肩而过了。

诗人的爱情

欧也是诗人。

欧也从上高中就喜欢写诗。在那个充满激情的年代里，正值青春年少的他，有时一个晚上就能写出好几首诗，于是高中没毕业就已积累了好几本手写的诗集。会写诗的欧也很令同学们羡慕，大家纷纷称他为"诗人"。

高中就要毕业了，别人都在紧张地复习功课，欧也却沉浸在自己的诗歌世界无法自拔。本来欧也各门功课都非常好，由于受写诗影响，他的高考成绩很不理想，只考上了一所气象学校。大学毕业后，欧也在本县气象局做了一名气象预报员。工作不很忙，工作之余，依旧写诗，并时常在各种报刊发表。

欧也工作几年后，气象局换了新领导。新领导对单位以前的秘书不太满意，有人向领导推荐了欧也。领导让欧也写过几次材料后，觉得欧也写得不错，就希望他当自己的秘书。同事听说这个消息，知道一般情况下，他借助这个跳板，很快就会成为单位的中层干部，都羡慕得不得了。欧也竟然说什么也不肯干。

大家知道后，纷纷摇头，都觉得欧也实在让人无法理解。不过，也有人能够理解他，那是一位名叫晶晶的漂亮女子。

晶晶不但长得漂亮，而且家庭条件很好。本来有个男子看上了她，那人在某实权单位担任中层干部，想不到晶晶偏偏喜欢没钱没势的欧也。他们的恋情在县城引起了很大轰动，婚后他们安贫乐道，琴瑟和鸣，一时间成为很多人羡慕无比的神仙眷侣。

本来两人的收入就不高，在妻子单位倒闭，家中有了两个孩子后，他们的家境就变得非常清贫了。更可怕的是妻子在 40 岁那年得了白血病，需要十几万的治疗费。欧也哪里出得起，因为一直沉浸在自己的诗歌世界，平日欧也与人，尤其是与有钱人交往很少，怎么可能借到这么多钱？只能眼睁睁看着妻子抱憾辞世。

妻子的死对欧也打击很大，有很多年，欧也不再写诗。不再写诗的欧也仿佛丢了魂，整日行尸走肉般为生计奔波。这时，有人劝欧也再娶一个，欧也却始终不同意。

在这样的艰难与痛苦中，欧也支撑了十几年。待到孩子成家立业，纷纷离开了他，欧也的晚年生活就显得孤独而苍凉了。于是重新开始写诗，甚至像年轻人一样玩起了博客。

在欧也65岁那年，发生了两件对他晚年生活影响很大的事。一件是他和一个50出头却一直未婚的女子章艳恋爱了；另一件是欧也的村子被划入新城开发区，家中的老屋被拆，作为补偿，有关单位分给他一套价值50多万的楼房。

本来欧也的三个子女是不反对欧也恋爱的，自从欧也有了楼房之后，他们的态度一下变了。他们竭力反对父亲恋爱，甚至希望欧也把楼房卖掉分钱。偏偏欧也说什么也要与章艳结婚，于是欧也与儿女们的关系变得很僵。甚至欧也结婚时，没有一个儿女肯到场。

欧也再婚后，虽然和儿女们的关系闹僵了，但夫妻二人的感情还算不错，然而得不到儿女支持的幸福总归是充满缺憾的。这时，欧也依旧写诗，只是诗歌里再也不见了风花雪月和儿女情长，更多的则是对人生的彻悟与对生命的感伤。

欧也是在与章艳结婚5年之后去世的。在欧也生病住院期间，三个儿女一点也不照顾他，却和章艳为房屋的继承权不停地明争暗斗。欧也曾多次叹息着对章艳说："这些没良心的东西呀！你放心吧！遗嘱我早就写好了，放在律师那里呢！"

在欧也病逝后，大家吃惊地发现欧也的遗嘱是用排律写的。在那份遗嘱里，欧也几乎把所有财产都留给了章艳。关于房屋，欧也是这样写的："谁想霸占都不可，房屋自当归妻住。"

看完遗嘱，欧也儿女们顿时蔫了，章艳泪流满面。

几个月后，因为失去丈夫而变得异常虚弱的章艳忽然收到了法院的传票，来到法院，她竟然听到了截然不同的判决，法院认为，遗嘱只说房屋"归妻住"，没说归妻子所有，所以继承权还需重新划分，这就意味着无依无靠的章艳可能连居住的地方都没有了……章艳一屁股坐到了地

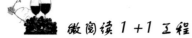

上，人们急忙去扶她，发现她面色煞白，呼吸微弱，于是急忙送往医院抢救，然而终归没能抢救过来。

对欧也用诗歌的形式立遗嘱，最终却毁了妻子的事，人们众说纷纭，有人说欧也根本不该用诗歌的形式立遗嘱，并且还表达得不够清楚；有人说，从整篇遗嘱来看，欧也已经表达得非常清楚了，是律师断章取义了；也有人说，欧也一生就是个悲剧，欧也错就错在生活在一个不待见诗歌的时代。

给章艳办后事时，人们的心情都很沉重。在处理遗物时，人们在一个木箱内发现了许多本手写的诗集。最上面是章艳的，中间是欧也的，最下面是晶晶的，人们这才知道他们三个人都是喜欢写诗的。

 只要还有爱

贝斯特走上密西西比河大桥时，正有一阵强劲的寒风吹来，他紧了紧风衣，依旧冷。忽然，他发现桥边站着一个女子，那个女子一袭暗黄色的衣服，与周围昏黄的背景几乎融为一体。一个女子，怎么会在这个时候出现在这里，出于好奇，也出于对她的关心，他过去跟她搭讪。

嗨！美女，这可是一个经常出现坏人的地方呀！你一个人，不害怕？

一个连死都不怕的人，还害怕坏人？

看得出，你心情不怎么好，说说看，遇上什么烦心事了？

我活着，对我和亲人来说都是煎熬，与其这样，还不如一死了之！那位女子边哭边说。

在贝斯特的不断询问下，她断断续续地说出了自己的遭遇。原来她得了非常严重的肾病，除了换肾，没有任何办法。愿意给他捐肾的母亲跟她配型不成功，所以就参加了"Chain 124"计划，这个计划的核心内容是：肾病患者的家属如果不能给自己的亲友捐肾，就可把肾脏捐给其他等待换肾的患者。作为回报，捐赠者的亲友可接受其他换肾患者的亲属所捐出的肾脏。她已经参加这个计划一年多了，在等待中她的体质越来越差，精神备受煎熬，就想以自杀的方式结束生命……

听说这个计划已经为很多病人换肾，说不定明天你就会成功的！贝斯特说。

这几乎是不可能的，即便配型成功，一般人也不愿首先捐出自己的肾，因为谁都害怕自己的肾捐出去了，亲人却没有得到肾。女孩一边说一边叹气。

如果有人愿意捐肾呢？那个计划是不是更容易被启动？贝斯特说。

那当然！可是谁会愿意呢？女孩再次叹了一口气。

我敢打赌，一周之内肯定会有人捐肾，如果真是这样，你就继续等

待下去，好不好？贝斯特说。

好吧！那你一定会输的。女孩说。

在聊天中，他知道了女孩叫凯丽丝，就住在附近。那夜，他们聊了很多，最后他们约定一周之后再在这里见面。

你赢啦！你怎么知道会有人捐肾呢？一周之后的一个黄昏，

他们再次见面时，凯丽丝非常吃惊地问。

其实和你打赌，我只是为了阻止你自杀，真没想到会有人捐肾，看来上帝也希望你好好地活着。贝斯特说。

你知道么？因为那人主动捐肾，爱心计划被启动了，如今医生已经找到适合我的肾源了，我很快就可以做手术了。凯丽丝异常激动。

是吗？这么好！这么说你有救了。贝斯特也异常激动。

几个月后的一天，贝斯特正在家中看报纸，门忽然被敲响，开门一看，贝里斯大吃一惊，因为门外站着一个非常漂亮的年轻女子，而那个女子就是凯丽丝。

你真傻！你怎么可以随便捐出自己的肾呢？凯丽丝捶打着贝斯特的肩膀说。

捐个肾有什么好害怕的，你看我不是活得好好的吗？贝斯特说。

我虽然和你见过两次面，却从没看清你的脸，当我从电视上听见你的声音，我立刻断定那个人一定是你。你为什么不去找我呀？我费了好多周折，才好不容易找到你。说实话，是不是因为碰见了我，你才去捐肾的呀？你怎么可以这样做呢？你不知道肾对人是多么重要！凯丽丝一口气说完这些话，早已累得气喘吁吁。

贝斯特没有说话，他心情复杂地看了一眼凯丽丝，眼里立刻盈满了泪水，于是急忙转头看窗外的风景。窗外的白杨树上，一只大鸟正叼着食物，欢快地逗弄着两只出巢不久的小鸟。

原来，贝斯特曾经有一个幸福的家，可是在三年前的一起车祸中，妻子和孩子都丧生了，一年前自己也失业了。那晚当他听凯丽丝说了她的情况后，他立刻决定捐出自己的一个肾，并同凯丽丝打了赌。

也许是巧合，也许是上天眷顾那些急切等待换肾的病人，他捐出肾后，爱心计划就被启动了，目前已有十几个病人成功换肾，并且爱心之链还在继续往下传递……他虽然不希望任何媒体知道他的情况，但还是有很多媒体采访了他。

其实，那晚去那座大桥，和凯丽丝一样，他也是想去自杀的。最初他只是想，等自己捐过肾再自杀也不迟。等他捐出肾后，他又期待看到自己的肾能够救凯丽丝，能够救更多的人。在这份爱的期待中，他改变了对生活的认识，并明白了一个道理，那就是再卑微的人也能用自己的爱温暖别人，而只要有了爱，生活就会充满希望。

　　不久，有一家公司主动雇用了他。接着，他又收获了一份美好的爱情，那个爱上他的姑娘就是凯丽丝。

树　叶

　　我一脚踹开旅馆的破门时，床上的被子像风中的树叶般不停颤抖着。干警小王一把扯开被子，两片树叶便立刻和我们坦诚相见了。

　　"你们能不能先出去一会，等我穿好衣服再……"一片树叶颤抖着说。

　　"装什么正经！你要是在意这些，还能干这个？"我说。

　　我刚说完，那片树叶就立即蔫了。另一片树叶竟嗤地笑了一声，我照着他的屁股狠狠踹过去，骨碌一下，他便滚落到了地上。

　　"你怎么打人？"树叶直挺挺地站起来说。

　　"这还是轻的！再不老实，我还揍你！"我再次抬起脚来，他立即老老实实地穿起衣服来。

　　来到派出所，我们把他们分开审问，我负责那个男的。"老实交代，干过多少次了？"我问。

　　"别跟我装相了，你怎么这么狠劲地踹我！抓紧给我松绑，给我提成！"树叶气呼呼地说。

　　"你必须交上罚款，否则我是不会放你走的！提成，这次你是没有的。"我说。

　　"你们不能言而无信呀！当初你们说好了的，帮你们抓一个提成300元，现在怎么反而让我交罚款？"树叶说。

　　"这个问题你自己应该清楚！你知道她是干什么的吗？她也是我们的钓钩，并且这次是她向我们提供的信息，而你一直没向我们提供任何信息，所以你必须交罚款！否则，我们没钱给她，所长也不同意！"我冷笑着说。

　　"自从做你们的钓钩，我总共才收入3000多元，现在一下交5000元……"树叶说着，竟然呜呜地哭了起来。

满脸皱纹的老头说到这里，按上一袋烟，慢慢地抽，随意地吐着烟雾。烟雾在冬日暖阳里徐徐上升、扩散，弥漫出一个似真似幻的境界。

"真有这等事！"一个青年把抽了一半的烟卷扔到地上，使劲碾了一下说。

"不信是吧！你说警察为什么出去就准有收获，那都是靠了这些钓钩和举报者呀！也许你们觉得不可思议，但是对警察来说却是很平常的，因为多数派出所都这么做！"老头说。

"死老头子，又胡说什么呢！"这时，一位老妪颤巍巍地从屋里跑出来说。

"别听他胡说！哪里会有这样的事呢！"老妪一边向周围的几个青年解释，一边把老头连扯带推的弄到到院子里。

"真是老傻了，不管什么事也好说！不但败坏自己名声，连所有警察的名声也毁了！"老妪越说越气愤。

老头不理老伴，只管自顾自地躺到沙发上。

"这事是真的吗？我怎么从未听你说过？"见老头不理她，老妪反而凑到老头跟前。

"你傻呀！怎么能是真的呢？这都是我瞎编的。我看出来了，这几个小青年，没一个是好东西。他们找我聊天就是想了解派出所工作的一些内幕，我能透露给他们吗？不但如此，我还得想方设法唬住他们！"老头说。

"你可别说，这个故事挺拿人的，就是把警察说得太坏。"老妪说。

"要是把警察说好了，他们才不信呢！你别聒噪我了，我再琢磨琢磨明天讲什么，我就不信降服不了他们。"老头说完，就转过身子，不再理老伴。

"你呀！你呀！让我怎么说你才好，都快70的人了，还操那么多闲心！"老妪一边说，一边不住地摇头，苍黑的脸上却挂着幸福的笑容。

最保险的婚姻

都说漂亮女孩容易早恋，晓娜却是个例外，一来因为她素质高，二来母亲对她管教严格。大学毕业后，母亲对她在恋爱这个问题上约法三章，其中一条是恋爱对象必须经过她考察通过后，才能正式交往。

这天，晓娜向母亲汇报了一个青年的情况，母亲连连摇头，理由是这个男孩没有固定工作，家中也不富裕。晓娜说，没有工作可以慢慢找，家中不富裕也可以慢慢挣钱，母亲说，他能不能找到工作是个未知数，他会不会赚钱也是一个未知数，你总不能把自己的未来交给一串未知数吧！

几天后，晓娜又向母亲介绍了一个青年，母亲还是不同意，理由是这个男孩和他的父母都是独生子女。晓娜说，我不也是独生子女吗？母亲说，你年轻，很多事还不明白，你们都是独生子女，将来压力得多么大啊！为了你的幸福，我是绝对不会同意的。

过了些日子，晓娜领回家一个名叫宋禾的青年，母亲仔细观察了一番说，他胡须稀疏面黄肌瘦，没有阳刚之气，我担心他没有生育能力，要不你先跟他到医院检查一下？你若不好意思，叫你爸陪他去也行。母亲还没说完，晓娜又羞又气地说，你这不是胡闹吗？还没恋爱先去查人家的身体！母亲说，这可是件了不起的大事！现在患不育症的男性太多了，万一摊上，你一辈子就完了！

以后很长时间，晓娜没再恋爱。眼看女儿都快三十了，母亲反而着急起来，问她为什么没再找对象，晓娜说，你的要求太苛刻了！母亲说，不苛刻啊！这都是找对象最起码要求啊！晓娜说，是啊！所以我要听你的。

过了些日子，晓娜找到一个极品男人，母亲简单了解了一下后，也觉得非常合适，就让她抓紧时间领回家看看。这天，母亲非常焦急地透过窗户一再观望，过了好久，才看见女儿带着一个大腹便便年近50的男子来了。母亲想，怎么青年没来，他父亲倒来了？

等他们一进家里，母亲才发现不对头，因为这个男子就是女儿所说的极品男人，一上午母亲整张脸比猪肝还难看！好不容易等那个男子走了，母亲生气地质问女儿为什么这么做？

晓娜说，他非常优秀啊！首先，他是一个公司的老板，有几百万家产；其次，他父母都过世了，我没有赡养老人的负担；再次，他和前妻生有一儿一女，那方面应该是健康的。不用说，我将来只管享清福就行了！要不是您，我还找不到这么好的男人呢！这样的婚姻现在最流行，就连很多女明星们也求之不得……

女儿还没说完，晓娜母亲就晕倒在沙发上。

不用说，母亲不会同意这桩婚姻，想不到晓娜也不肯让步，母女僵持了很长时间后，晓娜终于同意放弃那个男子，不过条件是让母亲给她找一个同样保险的男人。可是这样的男人哪里去找呢？没有办法，母亲只得同意女儿自由恋爱。

半年之后，晓娜领回家一个男子，母亲一看，大吃一惊，这人竟然是宋禾。原来，晓娜和宋禾从未停止交往，更没有和那个极品男人谈恋爱，他们仅仅是同事而已。

等宋禾走了，母亲还在怀疑他的健康问题，晓娜附在母亲耳边说，你放心，他那方面绝对正常，因为我已经怀孕三个月了！

 # 坍塌的世界

本来，瞳子这天心情不错。

她用了半上午的时间，包好了水饺。是牛肉馅的。为了让水饺口感更好些，她把肉剁得很细。包水饺的时候，她多么希望丈夫能回来一起跟她包呀！可是直到自己包好了，丈夫也没回来。不回就不回吧，回来就吃水饺，说不定还能让他产生一份惊喜。瞳子想。

他们已经很长时间没吃水饺了。

可是都下午三点多了，丈夫还不见影子，她的心情就变得有些烦躁起来。丈夫一身酒气地回家时，她心中的烦躁之气顿时火一样燃烧起来。

不是说好了回家吃饭吗？又在外面喝酒！天天喝成这样，你迟早会喝出毛病来！瞳子絮絮叨叨地说。

一喝酒你就叨叨！快闭上你的臭嘴！不喝酒，我能干什么？虎子一边东倒西歪地往屋里走，一边顺手推了瞳子一把。瞳子猝不及防，身子一歪，手就按在了盛水饺的簸箕上，簸箕一下反扣在地上，水饺也掉了一地。

我包了一上午，你不吃就罢了，还不让我吃，真不知你安的是什么心！瞳子扑上去拉虎子。虎子使劲一甩，瞳子就倒在了地上，满地水饺被压得馅汁四溅。

瞳子没有爬起来，而是倒在地上，啜泣。

虎子不理瞳子，四脚八叉地躺到床上，很快就打起了呼噜。

这日子没法过了！你也不用装睡，我死了，你就高兴了。瞳子爬起来，朝满地的水饺上狠狠地踩了几脚，然后去储藏室找来半瓶农药。

瞳子刚扭开瓶盖，就闻到了一股令人难受无比的味道扑面而来，但她还是把农药放到了嘴边。接着，就感到一股热火候地钻进了自己的肚子……

她婶子，你这是干什么！瞳子忽然感到有人一下把药瓶打掉了，接着就感到自己重重地摔倒在地上。

虎子被人叫醒时，闻见满屋子的农药味，看见妻子倒在地上，顿时吓醒了酒。急忙叫人开来车，往镇卫生院拉。

村子距卫生院有二十多里的路程，有两条路可走。手扶拖拉机开到村口时，司机问走哪一条，虎子说，直着开。司机就直着向前开。走到半路，路中间忽然冒出一堆土来，上面插着一个大牌子：前方施工，请绕行。

好好的路，又施什么工！真是瞎折腾！虎子气愤地说。

没有办法，只能调头，从原路返回。回到村头，从另一条路走。开到半路，只听前面传来一声巨响，虎子抬头看时，只见一辆昌河车和一辆小货车撞在了一起。小货车车头严重变形，整个车子横在了路上。乡村道路本来就不宽。这样，整条路便被堵得严严实实，拖拉机根本无法通过。

这可如何是好！大家都很着急。时间一分一秒地过去，眼看瞳子气息越来越微弱，虎子急得热汗淋漓。

你们这样等着，啥时是个头？还不快打电话，叫卫生院来车接。十多分钟后，一个路人出主意说。

对呀！我怎么就没想到呢！虎子一边打电话，一边着急地拍打着大腿。

不久，卫生院的车就呼啸着开来了。众人七手八脚地把瞳子弄上救护车。护士一边给瞳子打针，一边埋怨为什么不早送医院。瞳子的气息越来越微弱，还没到医院，就停止了呼吸。

来到医院，医生快速检查了一下，轻轻地摇了摇头。看样子她喝得不多，你们能早一点赶来，就好了。

虎子抱着瞳子，女人般嚎啕大哭。我怎么单单选了那条路呀！要是一开始就走这条路，绝对晚不了！是我害死了你呀！是我害死了你。半年之中，你们都走了，你让我怎么活呀！

虎子所说的你们，除了瞳子，还有狗子。狗子是他们唯一的孩子，今年23岁，找到媳妇了，新房也盖好了，只等明年娶媳妇。可是，半年前，狗子外出打工时，意外坠楼身亡了。从那一天开始，虎子就感到自己经营了半生多的世界，瞬间倒塌了，于是开始喝酒度日。

虎子越哭越伤心，声音也越来越大，惹来一大群人围观。

好了，别在这里哭了，这又不是医院的责任。再哭，别人会误解的。医院里的几位保安走过来说。

虎子只得停住了哭泣。他抱起瞳子，像抱一块千斤重的巨石，一步步朝医院外走去。虎子走出医院后，没有放卜瞳子的意思，依旧一步步向前走。

没人知道他要去哪里。他自己，也不知道。

网上老雷

面对新事物，已近耄耋之年的老雷一点都不老。甚至，比年轻人还年轻。

老雷喜欢炒股。老雷进入股市时，大盘正一路飙升，很快就赚了钱的老雷对炒股越加喜欢了。为方便炒股，老雷学会了使用电脑，还学会了用QQ与股友交流。然而，不但没赚到更多的钱，而且亏了不少，因为股市从5000多点一路跌了下去。还算幸运，没把赚到的钱都赔进去。

老雷再也不敢炒股。但对新事物，依旧情有独钟。

老雷很快又迷上了彩票。天天在家摸索选号规律，选好号后就到投注站购买。老雷家距最近一个投注站有五里多路，由于腿脚不太利索，来回一次需要两个多小时。也不觉得麻烦，几乎风雨无阻地买。后来，投注站的小伙子告诉他，买彩票可以通过QQ联系。于是，老雷就把几十元钱放在小伙子那里，每天把一两组号码通过QQ发给他。这方便多了。老雷运气不错，几百元的奖经常中。每当中奖，老雷便意气风发地前去领取。那神气，仿佛凯旋归来的将军。老雷感觉自己越活越年轻了。

这天，老雷又把一组号码发给了小伙。第二天一看，中奖了，10万元。这是一个足以让他兴奋不已的收获。他兴冲冲地来到投注站要那张彩票。小伙子摇头，否认老雷曾经告诉自己这组号码。老雷顿时懵了，回家找出聊天记录并打印了出来，小伙还是不承认。就和小伙打官司，经过几番周折，还是败诉了。法院认为QQ聊天记录要想作为证据使用，必需有其他证据作为佐证，可是老雷实在找不到。

这场官司对老雷打击挺大，他想不到网络竟然这么靠不住。儿女们知道这事后，也埋怨老雷。在儿女的埋怨与自己的郁闷中，老雷迅速苍老了下去。

老雷走得很突然。头天晚上还自己做的饭，第二天早上孙子去看他时，就几乎不行了。子女们急匆匆地赶过来，准备把他往医院里送。老雷不住地摇头，并用含糊不清的声音说："不必了！不必了！"

子女们坚持要送老雷去医院，于是七手八脚地去抬他，老雷竟死死地扒着床，不松手。这最后一次的努力，几乎耗尽了他的全部精力。见老雷奄奄一息，子女们问他还有什么需要交代，老雷努力了半天才吐出四个字："海葬……网上……"

子女们还想问个仔细，老雷只是瞪着眼，张着嘴，不再说话。过了许久，子女们去试他的呼吸，才知道老雷已经走了。

对"海葬"，子女们明白，虽说都是城里人，大家日子都过得紧巴，车子、房子已经让他们疲惫不堪了，实在没有钱买近乎天价的墓地。老雷生前也曾多次表示，海葬既节约金钱，又不占用土地，值得提倡。不过子女们也有些许遗憾，把父亲葬在大海，以后到哪里祭奠？

对老雷留下的另外两个字，子女们就不明白了，"网上"是什么意思，难道他还有什么重要的东西在网上。大家就查看老雷的电脑，查来查去，也没发现什么秘密。

老雷去世一个月后，"网上"的谜团得以解开。有一家自称是网络遗嘱网站的工作人员联系老雷的子女们，确认老雷已经作古后，对方就传给了他们一份邮件。原来那是一份网络遗嘱。通过这份接近 5000 字的遗嘱，子女们知道了老雷的很多秘密，并且知道老雷竟然还有近百万元的存款。让子女们气愤的是，老雷竟然打算把大部分存款留给一位女网友。这个女网友和老雷到底是什么关系，老雷何以做出让子女们看来近乎荒唐的决定，因为子女们不会找他的那位女网友询问，自然成为难解之谜。

因为不知道这份遗嘱是否具备法律效力，就去咨询律师。律师说网络遗嘱只能算一份存档文件，不具备法律效力。子女们顿时长舒一口气。那么怎么分配老雷的遗产？子女们闹得不可开交……

当然，也不能说这份遗嘱没起任何作用，子女们遵从他的意见，为他弄了一块网上墓地。

老雷是我的一个本家。在农村住时，我们是邻居。都进了城，才变得疏于往来了。听说老雷的故事后，我感慨万千。我在网上找到他的灵堂，准备给他上一炷香。我虔诚地选好了一炷免费的香，进行下一步操作时，系统竟然提示我"余额不足"，不禁叹息！

 # 恐惧式营销

尊贵的女士，请问您知道铅对儿童的危害吗？世界卫生组织指出，铅会影响孩子的神经系统和认知能力，使孩子多动、厌食、学习困难、发育迟缓，当然这还不是最严重的，当孩子身上的铅积累到一定程度，就会导致痴呆、白血病甚至危及生命。国际某权威机构研究表明，中国多数儿童血铅含量超标。只是由于早期和中期症状不明显，容易被家长忽视。等到发现时，往往为时已晚。如果您爱您的孩子，就要给他排一下铅。排铅口服液是最适合儿童排铅的产品……

这位先生，不知您是否检测过您室内的空气污染情况。您也许不知道，新居装修和新购家具，80％存在甲醛超标现象。甲醛是强烈的致癌物，也是白血病的主要元凶。即便您的家中不存在甲醛超标的问题，也可能因为空气流通不畅而滋生大量细菌，一般方法无法根除这些细菌。如果让家人长期生活在这样的环境中，那简直就是谋杀。您需要购买一台好新鲜空气清新机……

尊贵的女士，您家中的电器一定不少吧！手机、电视、电脑、电磁炉、微波炉、电冰箱、洗衣机……您是否想过，它们在方便了您的生活的同时，也将您带进了一个充满电磁辐射的环境。国际权威专家指出，电磁辐射会导致儿童患白血病，诱发癌症并加速人体癌细胞增殖，还会导致心悸、失眠、心动过缓、免疫功能下降……国内外对电磁辐射危害的报道层出不穷，而这些电器早已成为我们生活中不可或缺的一部分，所以您必须购买辐射消除仪……

不用说，你也能猜到栗林的职业——产品推销员。他每天的工作就是鼓动着如簧之舌向各色人等推销商品，由于他有一套独特的推销方式，所以销售业绩非常好。

这天，栗林又超额完成了自己的推销任务，他决定到一家快餐店犒

劳一下自己,当他点好菜坐下之后,一位漂亮女子坐到了他的对面,女子一袭贴身紫裙恰到好处地彰显着她的曲线,半掩半露的丰满乳房牢牢地吸引着他的目光。

先生,今天生意不错吧?栗林再一次和那位女子四目相对时,女子嫣然一笑说。

你是怎么知道的?栗林既高兴又吃惊。

您的成功都写在脸上呢!看得出您的事业发展顺风顺水,前途不可限量。虽然如此,我还是想给先生提几点建议,不知先生爱不爱听?女子再次嫣然一笑。

爱听!爱听!栗林连连点头。

看得出先生有些疲惫,所以,您需要改变经营方式,找些业务员替你完成出差之类的事。还有,您的行业有很大风险,您需要购买一份保险,以防事业滑坡时措手不及。还有,如果您整天在路上跑,危险很大,作为家庭的顶梁柱,万一出现意外,怎么办?所以您最好购买一份人身意外伤害保险。有了这些保险,没有了后顾之忧,您就可以放开手脚发展自己的事业了!如果您觉得我的建议有可取之处,您可以到我的公寓,我们详谈……

从那位女子的公寓出来时,栗林忽然有一种被骗的感觉,因为他购买的几项保险几乎花掉了他两个月的收入,他明明觉得她有些夸大其词,怎么还是购买了呢?栗林一边走一边不住地叹息。

一个年轻女子,竟然这么会推销,他觉得有些不可思议。他一边走路一边翻来覆去地研究女子的营销方式,这里面有温馨,有诱惑,还有……还有什么,他一时想不出来,恐吓,对,从根本上来说就是恐吓。自己不就是恐惧式营销的高手吗?怎么竟没能抵制住别人的恐吓?

为这件事,栗林好几天都没出家门,栗林越想越苦闷。这天,他通过QQ把自己的遭遇告诉了一位好友,好友发来一串笑脸,接着说,其实,你之所以购买了保险,不是因为这个女子营销方式高明,而是因为你确实需要这些保险。我们本来就生活在一个危机四伏的世界上,多一份保险,就多一分保障。当然,你推销给别人产品,也不是忽悠人,而是给身处险境的当事人以最必需最温馨的关怀。

栗林摇摇头,笑了。第二天,他又背上背包,开始了新一天的推销。只是他也许永远不会知道,那个安慰他的QQ好友就是卖给他保险的女子。

 # 特殊兼职

亲爱的，我们结婚吧！一番亲热之后，丽娜从戴军怀中抬起俊美的脸庞，拢了拢凌乱的秀发说。

戴军两眼望着天花板，呆呆地出神，过了好久，轻轻叹了一口气。

你是不是不爱我了？有话就直说，为什么一提结婚你就叹气。丽娜生气地说。

我何尝不想跟你结婚呢？可是我配不上你！戴军再次叹了一口气。

我简直受不了了！丽娜从床上爬起来，气呼呼地拿起衣服往身上套。

有些事不便于直说，我把它写到电子日记里了。我害怕你接受不了而出问题，就把日记放到了雷医生的心理诊所，你可以到那里的电脑上查看，我告诉你文档的密码，如果你看过日记，仍然没有改变主意，我会同你结婚的。

想不到我的男朋友竟然同网友玩一夜情，按照时间推算，那时我们刚刚恋爱，太令人恶心了！丽娜看过戴军的日记后痛苦地对雷医生说。

作为一个男人，偶尔干点出格的事是很正常的。再说，只要你不计较，这事和从未发生过有什么两样？雷医生说。

可是我毕竟已经知道了啊！

那就权当不知道好了，再说，他能够告诉你，说明他已经认识到自己的错误了！这样的好男人已经很难找了！

这样的男人竟然也算好男人！我绝对不会原谅他！过了一会，丽娜又说，根据你的判断，他以后还会不会犯类似的错误？

这个……很难说，据我研究，如果婚后夫妻关系足够好，也许还好点，但如果夫妻闹了矛盾，尤其是他有钱或有权了，就更难说了。

那我该怎么办呢？我实在不忍心同他分手！

爱他，就最大限度地接受他，包括他的缺点；不爱了，就干脆利索

地分手。我认为这是最明智的抉择。

不可能，我不可能接受他这样的缺点。你说，如果我提出和他分手，他会不会接受？

既然他肯告诉你他的过去，说明他希望你能够原谅他！你如果猛然提出和他分手，他干出出格的事，是完全有可能的。但只要提出分手的方式与方法得当，他应该会同意的。如果你已经决意跟他分手，我可以为您代劳，保证让他心甘情愿地同你分手！

真的吗？简直太好了！让我怎么感谢你好呢？

你不用感谢我，因为这是我的工作之一。如果我最终不能让他同你分手，我会把三分之二的费用退给你！雷医生一边说，一边拿出了一张价格表。

好的！就这样吧！丽娜从坤包中取出 300 元钱，给了雷医生，就挎上坤包，步履轻盈地走向停在心理诊所外面的一辆轿车。

喂！你好！你安排的事已经办妥。这次难度很大，你应该给我 500 元，因为是老客户，给你打八折。你想了解那些日记到底写了什么，这不可能！万一她问起日记里的事，你只说不想回忆那段往事就可以了。第二天，雷医生给戴军打电话说。挂掉戴军的电话，雷医生又按下了另一串号码，那是丽娜的手机号。

当他打完电话，不禁会心地笑了。这是他最近策划的最成功分手之一，因为不但双方都非常满意，而且他还向双方分别收取了心理咨询费和分手代理费。自从雷医生从半年之前干起了这个兼职，他的诊所就渐渐红火起来。当然，雷医生的兼职你应该早就知道了，那就是以"劝别人分手"为主要业务的分手代理人。

令雷医生吃惊的是，几天后，戴军和丽娜竟然手牵手给自己送喜糖来了，雷医生接下喜糖，尴尬无比，一句话也说不出来。

当他们离开之后，雷医生很快收到了两条短信，一条是：谢谢你，你让我犯了如此严重的错误，她都能够接受，我再不珍惜，不是个混蛋吗？另一条是：谢谢你，我终于想通并接受了他，如此坦诚的男人实属凤毛麟角……

# 谁更新潮

一阵震天的鞭炮响过之后，翁同的"新人类"化妆品专卖店就开业了。翁同刚打开大门，一群早已等候多时的男女老少便快速拥进店里。

翁同正暗自高兴，忽然发现进店的人很多，但真正买东西的人很少。原来这些人进店之后，领到礼品，象征性地转悠半圈就悄悄离开了。难道他们仅仅是冲着礼品来的？这样下去，岂不亏大了！再有顾客进店，翁同虽然照旧笑容满面地发礼品，心里却疼得要命。

看来，真是被他想对了，不到一天时间他准备的上千件礼品就全部发放光了，可是化妆品却没卖出几套。晚上关门时，翁同正无精打采地扫着垃圾，忽然发现对门的服装店不知什么时候贴出了一张小小的广告，广告是用一张十六开的白纸写的，大意是给四十岁以下的年轻女士改衣服，每件十元。更让他感到可笑的是这张白纸的另一面明显已经用过。翁同差点笑出了声，真是寒碜到家了，不但广告内容寒碜，就连广告所用的材料都这么寒碜。给年轻女士改衣服，世上哪有这么寒碜的女士呢？竟然肯穿一件改过的旧衣服。

"怎么啦！不相信我会有生意是不是？"对门的张女士突然站到他面前说。

"恕我直言，哪个年轻女士不是唯恐自己跟不上时代潮流，谁肯去穿一件改过的旧衣服？"翁同说。

"是呀！我是落伍了，你的'新人类'够新潮，只是潮女们喜欢不喜欢呢？"张女士毫不相让。

张女士是一位三十多岁的年轻女士，开了一家名为"衣尚"的服装店，卖衣服，也做衣服，她卖的衣服似乎没有多少特色，每种款式不过一两套而已，不知什么原因，很多年轻女士非常喜欢，一时间"衣尚"服装店甚至成为引导潮流的标志。

翁同很是看不起张女士，他不相信她会超过自己，可是在他们的一次次明争暗斗中，每次都是自己败下阵来。原来翁同也是做服装生意的，服装经营不下去了，他才转行做化妆品生意。以前她的做法也许有可取之处，可是对改衣服的做法，翁同实在不敢认同，他认为张女士一定是吃错了药。

转眼间，一个多月过去了，翁同虽然用尽了各种办法，无奈化妆品专卖店一直门前冷落车马稀，他干脆把两个店员辞了，自己每天无聊地坐在店门口发呆。每当衣着靓丽的年轻女士姗姗而来，他都会非常热情地招呼人家进店看看，可是她们多数理都不理，即便有象征性地瞅一会的，也都很快到了对门的店里。更让他感到郁闷的是对门的生意不但总体很火，而且天天有不少年轻人去改衣服。翁同觉得实在不可思议。

这天，是个阴雨天，商业街上顾客很少。翁同厚着脸皮来到对门的店里，看见店里整整齐齐地放着不少改过和未改的衣服，并且明显都是年轻女孩的，就问张女士有什么经营诀窍，她笑着说："哪里有什么诀窍啊！现在就流行这个！"

"怎么会流行这个呢？"翁同莫名其妙。

"现在很多时尚的女孩都做森女了，你难道不知道？你的化妆品专卖店刚开业，我就知道生意好不到哪里去，如今时尚女孩崇尚裸妆，即便化妆也趋向于用既便宜又安全的国产老品牌，根本不流行你卖的那些价格昂贵的国外大品牌。"张女士平淡地说。

森女？翁同简直闻所未闻，就厚着脸皮了解森女的情况。原来所谓"森女"，又称"森林女孩"，她们崇尚自然、简约、舒畅的绿色生活方式，她们主张返璞归真，倡导低碳生活。

"她们做森女，与你有什么关系呢？这么便宜地为人改衣服，你还能赚到几个钱？"翁同依旧不肯认输。

"哈哈！这你就不懂了，和时尚女孩接触多了，我的生意能不红火？还有另外一点，那就是我也是个森女呀！为森女做事，即便得不到任何好处我也愿意！"

翁同再也无话可说，只得悻悻地退出了服装店。回到自己的店铺，翁同看着自己落满了灰尘的化妆品，不禁想，自己生意之所以惨淡，除了因为不善经营，跟不上时代步伐也是重要原因呀！

壮　举

小江即将上高二了，他的父母在省城打工。他们的工作虽说不很累，但环境差，有污染，都说干久了，对身体危害大，但他们实在找不到更合适的工作，就一直干着。

以前每到暑假，小江都为在哪里度过假期而苦恼。自己在家中，难免有些孤独。去父母那里，固然可以和父母团聚，但他们居住的小屋实在让他难以适应。那哪里是屋子呀！就是几块破石棉板子堵起来的一小块空间。三个人挤在那么小的空间里，真叫人感觉不舒服。

不过，今年小江毫不犹豫地决定去找父母。之所以这样决定，一个原因是他想在假期深入体会一下打工生活，磨炼一下自己的意志。另外，他想抽时间打些日子的工，挣点钱，减轻一下父母的负担。

放假一周后，小江就坐车去省城了。在省城，小江换乘了几路公交车，才到了父母的住处。当天下午，小江就见到了父母。他们都50多岁了，半年不见，显得更加苍老了。小江默默发誓，一定要好好学习，争取考上理想大学，找到称心工作，并好好孝敬父母，不再让他们受这份罪。当然，这并不是空发誓，小江有这个实力，在高一期末考试中，小江成绩在全校名列前茅。

小江来省城的第三天，就下起了暴雨。据说那是一场百年不遇的大暴雨，暴雨倾盆而下，一天一夜都没停止。后半夜，小江和父母的住处就开始进水了。他们只得收拾东西，挪到地势较高的地方去躲避。

他们的居处毗邻一条大河。大河虽宽，平日里却没有多少水。暴雨之后，大河就变得波澜壮阔了。水面上各种杂物互相纠缠冲撞着，缓慢地向下游流去。河堤上，许多人都在观看，不时有人从水中捞出有用之物。

人！漂下来一个人！不知谁忽然喊道。

随着那声喊叫，大家顺着他的手指望去，果然看见一个人从上游慢慢地漂下来。那人在水中时沉时浮，周围还有很多杂物。也许是借助了身边的杂物，也许稍微会点水，即便被浪头打下去，那人也很快就能浮上来，但只有随着浪花起伏的份，根本不见有能力朝岸上游。

谁会水快下去救呀！一个人说。

这么急的水，又那么远，太危险了！不知谁说。

再远也得救呀！总不能见死不救吧！另一个人说。

站着说话不腰疼，你怎么不下去救呀！又一个人说。

接着人们杂七杂八地议论开来，虽然说什么的都有，但就是不见有人有实际行动。

这时，只听"嘭"的一声，有人已经跳下水了。那人游泳不但速度很快，而且姿势多变，看来水性不错。但是毕竟水况太差了，而落水者离河岸又太远了，眼看那人的游泳速度越来越慢，大家虽然着急，却也帮不上忙。

终于那人距离落水者越来越近了，眼看就要抓住落水者了，一个浪头打来，落水者与救人者同时被打入水中。人们焦急地等待着。几秒钟后，人们看见两人几乎同时冒出了水。只是救人者似乎改变了想法，他不再管落水者，独自向外游来。

人们再次议论纷纷起来！

这人什么德行呀！怎么不管落水者了？

要是他不去救，也许别人就去了，他这样做，简直是变相杀人！

这样的水，一个人救人确实太难了。知难而退，首先保住自己的性命也是可以理解的！

你个混小子，一时没看见你，怎么干这种傻事！凭你那点本事，在这样的水里根本就救不了人！快上来呀！小江父亲不知从哪里走来了，他看见岸上小江的衣服后，撕心裂肺地呼喊道。

这时，小江似乎已经精疲力竭，他甚至只能随着波浪起伏了！又一个浪头冲来，小江一下被淹没到水中。人们期待着他再次冒出水面，时间一秒一秒地流逝着，小江依旧没冒出水面。

小江父亲哭喊着冲入水中，岸上几个人也同时冲入了水中，他们把小江父亲弄到岸上。这么大的水，你连他被冲到了哪里都不知道，怎么救他？即便下去救他，也得等他浮上来再说。周围的人一边拉着小江父亲，阻止他再次下水，一边劝他。

然而小江最终没能再次浮上来。

五六个小时后，在下游五六里处的一处拦河坝附近，小江的尸体被打捞了出来。同时被捞上来的还有那名落水者——一个逼真的塑料模特。

停 机

这几年，肖娜很疲惫。

本来，结婚后，肖娜一直沉浸在幸福之中。可是当她看见别的已婚女子都幸福地鼓胀着肚子，自己的肚子却一直没有变化时，就有些着急了，于是开始努力。转眼间，半年时间过去了，依旧没有成果，更着急了，就到县医院检查。

做过十几项检查后，医生说肖娜没有什么大问题，还说几个月不怀孕也算正常，要想提高怀孕几率最好知道排卵期。普通的试纸测试难以准确，要想更准确些，就得到医院检查。

肖娜学历高，气质佳，是典型的白领丽人。每次检查，总会碰上几个灰不溜秋的小姑娘来询问意外怀孕的事。她竟然连那些自己根本就看不上的灰姑娘都不如。每当此时，肖娜总感觉心理不平衡。

终于怀孕了。先是用早孕试纸测出来了，不太敢确信。到医院检查后，才知道确实是怀孕了，不过有几项数据指数偏低。医生建议注射黄体酮和另外一种激素，还说只有这样才可能保住孩子。

一听这话，肖娜紧张坏了，班也不敢上了，天天在家躺着，吃药，打针。连打几周，再次到医院检查。医生轻轻地摇了摇头说，最重要的两项数据都很低，没有保胎的必要了。肖娜眼泪倏地涌了出来。

几个月后，肖娜去咨询医生。医生告诉她最好从一排卵就开始打黄体酮，并同时吃几种药物。不然，即便怀孕了，也容易流产。

如果每个月都想要孩子，那岂不得每个月都要打十几天的针。肖娜问道。

医生轻轻地点了点头。

如果一直没怀孕，那就得一直打下去？肖娜有些吃惊。

你理解得很准确。医生再次点了点头说。

肖娜不禁叹了一口气。针还是要打的。此后几个月，肖娜都坚持去医院检查、打针。灵魂便在希望与失望的轮回中不停煎熬着。

这晚，丈夫上夜班，肖娜独自坐在家中发呆。发过一阵呆，就开始流泪。对多数人来说，多么简单的事。在自己身上，竟然这么难！上帝真会捉弄人。她感到自己好疲惫，她甚至想放弃。但是，她知道，不能放弃。丈夫非常希望有个孩子。当然，她也是。

半年后，又怀孕了。医生告诉她，这次各项数据都基本正常。一听这话，肖娜激动得几乎哭了出来。

医生告诉她，数据正常的前提是再坚持注射。如停止注射，会怎样，谁也不敢打包票。为求保险起见，最好坚持注射三个半月。

那样对孩子的发育没有负面影响吗？肖娜小心地问。

没事的。医生顿了顿说，问题的关键是如果不注射，能不能保住这个孩子，还是未知数。

住处附近就有个小诊所，诊所的护士答应可以每天上门为她注射。肖娜请了半年的假，天天待在家里，不再出门。

转眼间，三个半月的时间就过去了。此后不久，她就感到肚子里似乎有小鱼在轻轻游动了，那种感觉真是妙不可言。有些时候，肖娜就那么静静地坐着，一动也不动，甚至连呼吸都放慢，只是为了充分感受到那种无与伦比的幸福感。

怀孕五个月后，肖娜再次到医院检查，医生告诉她孩子发育良好。走出医院后，肖娜幸福地呼吸着春日满是花香的空气，她突然感觉生活是那么美好。

这天，午睡起床后，肖娜去厨房倒水喝，一不小心滑倒了。接着，肚子就剧烈地疼痛起来。她知道这种情况越动越不利，就趴在地上一动不动。过了一会，不但疼痛没有停止，而且开始出血了，急忙爬着去找手机。当她从客厅的沙发上拿到手机后，急忙给丈夫打电话，手机竟然停机了。她一下慌了神。

好在还能拨打120。打完电话，肖娜感觉虚脱一般，很快就晕了过去。

迷迷糊糊中，她似乎听见救护车呼啸着开来了。好了！很快就好了！你坚持一会！她捂着肚子默默地说。可是不知为什么，救护车围着自己的楼转了两圈，就开走了。

这可怎么办？这怎么办？越是着急，肚子疼得越是厉害了，血也流得更多了。她想爬到外面求救，可是没到门口就晕倒在地上……

晚上丈夫下班回家，一开门就被扑面而来的血腥之气镇住了。他踏过凝固的鲜血，扑到早已浑身僵硬的妻子身上，嚎啕大哭。

后来，他才知道，救护车之所以在小区里转了两圈就回去了，只是因为肖娜忘了说清门牌号，而她的手机又因为停机而无法打通。

 # 怕你担心

"今天心情不好，又和他闹矛盾了！你说，两人闹矛盾，很正常。我真担心我们会一直这么闹下去！"看过女儿发来的短信，余璇幸福地摇了摇头。

女儿刚过 25 岁，正在热恋之中。每晚女儿都会发来短信。女儿很孝顺，从在外地上大学开始，她们就通过这种方式进行交流。

余璇早在十几年前就和丈夫离了婚，当时女儿才 8 岁。本来余璇可以再婚的，她担心再婚后丈夫对女儿不好，就一直没再谈对象。女儿聪明懂事，学习成绩突出。大学毕业后，很顺利地找到了一份不错的工作，这令余璇很是欣慰。

余璇在一家塑料厂工作。活虽累，工资还不错，就一直干着。很多时候，只要想到女儿，再苦再累她也不在乎。

"那怎么会的！放心吧！遇见这样的小伙子是你的福分！"余璇回复到。

"你就会安慰我！好吧！我相信你。早点休息吧！妈妈。女儿爱你！"女儿很快发回了短信。

余璇看看短信，一丝幸福的微笑浮上脸庞。她斜倚在床上，翻看着女儿的短信。每条短信仿佛山野中一朵小花，清新自然，在微风里轻轻摇曳，摇出自己品不够的幸福和甜蜜。

翻着翻着，余璇再次想起几个月前的那件事。那晚，她本来是拾掇好了，斜倚在床头等女儿短信的。可是女儿发来短信之前，她就睡着了。第三天下午，女儿就出现在了自己面前。突然见到女儿，余璇既吃惊又欣喜。

余璇问女儿有什么事，女儿一下扑在自己的怀里开始啜泣。

"没有事！什么事都没有！"女儿把母亲抱得更紧了。

"你一定有什么事的，不然，怎么会突然跑回来了！快告诉妈！"余璇继续问道。

"前晚的短信你没回！昨天打电话你手机又停机了！我担心有什么事……"女儿红着眼圈说。

"手机停机？我怎么不知道。"余璇很是吃惊。

女儿再次打电话，果然是欠费停机了。原来，余璇的手机打电话很少，除了跟女儿发发短信，一两天不打电话也是常有的事，所以就没发现欠费的事。

余璇从此知道，女儿每晚看似无心的一条短信，其实里面包含着很多很多的内容。

每次想起这件事，母亲总是感到既内疚又幸福。她怎么能让自己的手机欠费两天，以致让女儿担心得跑上千里路回来看自己呢！从此，余璇尽量保持手机里的费用不要低于 20 元，同时再忙再累也要等到女儿的短信并回复之后再睡。

有时，她也想过主动给女儿发短信，但还是没有这么做，她知道女儿大了，事情多，她怕短信影响女儿的正常生活。

这天，余璇下班回家，一场暴风就刮了起来，接着天上下起了瓢泼大雨。两三个小时之后，山上的洪水就顺着山谷奔涌而来。

快跑呀！要发洪水了！不知谁大声喊道。

余璇开门时，看见洪水滔滔而来。余璇踏进洪水时，水已经没过了她的小腿，激流冲得她东倒西歪，多亏邻居家的老王搀扶着她，才没被冲倒。

当她来到安全地带，忽然想起一件事，于是急忙返回水中。

你想干什么？一个人拉着她说。

我忘记带手机了！余璇说。

忘了就忘了吧！一个手机能值多少钱！那人说。

这儿发水的事，我女儿很快就会知道的，我如果不带手机，女儿会担心的。说完，余璇就不顾众人的劝止返回到水中。人们看见余璇被洪水冲得左右摇摆，于是一次次大声呼喊她赶紧回来，可是她犹如没听见一般，继续向前走着。

当余璇从宿舍出来时，外面的水已经齐腰深了。人们看见她用一只手高高地举着手机，一点点艰难地往前挪动着。

这时，一股更大的洪水挟裹着泥沙和杂物奔涌而来，转瞬之间就把余璇冲走了。人们看见，那部手机却奇迹般一直被高高地举着，直至渐渐消失于人们的视野……

咳

雷山祖上在清末立过不小的军功，当时朝廷赏赐了不少田产。由于不善经营，再加上兵荒马乱，偌大的产业渐渐败落下去，但在当地也是最富裕的人家。

雷山20岁那年，母亲颧骨边长出一个硬硬的瘤子，就请当地最有名的医生医治。医生姓李，为人憨厚，时已年近古稀，人称李先生。李先生看过病情，慢慢捋着斑白的胡须，点头，继而摇头。雷山急忙询问原因。

李先生说，你母亲这病，来得慢，去得也慢，需要慢慢调理，你们有钱，难免心急，恐怕很难治愈……雷山急忙说，只要能治，再慢也行，我们听你的。

此后几年时间，母亲天天吃药，病情却时轻时重。药费很贵，雷山家的土地便渐渐卖得只剩几十亩薄田。这时母亲的病却突然加重了。这天，李先生给雷山母亲号过脉，长叹一声，起身离去。几天后，母亲在剧烈的疼痛中挣扎许久，长嚎一声，从床上猛地坐起，雷山急忙去扶，才发现母亲已没了气息。

给母亲办过后事，雷山知道再也没法过游手好闲的日子，就学起了中医。雷山学医，除了想养家糊口，还想了解一下母亲到底得了什么病。很快雷山知道母亲的病并不难治，只需十几味价格便宜的中药就能治好。可这么普通的病，那么高明的医生，怎么就治不好呢？

雷山长叹一声，认真做起了医生。

病人看病，有亲自上门的，也有请他去的。雷山只开方，不卖药。雷山看病仔细，开方实诚，从不与药铺合伙赚黑心钱。因为读过多年私塾，再加上悟性好，几年后，医术就已相当高明了。十几年后，医术已臻化境，给病人看过病后，说三副药能好的，绝对不用四副。

曾有一病人，得怪病，全身脱皮，找过几位医生，吃过近百副中药，就是不见好。来找雷山。雷山看过病人用过的一摞药方，从里面抽出一张，用笔一划，就给了病人。病人几乎哭了出来，以为自己的病没法治了。雷山急忙解释说这个方子很好，可惜一味药分量轻了。病人丈夫依旧不信，说这个方子已吃过几十副，根本不中用。雷山说，几十副都吃了，还差三副。来人郁郁而去。想不到三天后，病人的丈夫背着大筢子，欢天喜地地前来感谢。

转眼新中国就成立了，村里办起了小学，因为附近读书人少，就让雷山做了代课教师。一段时间后，编制问题上级也给解决了。这时，偶有找雷山看病的，只要有时间，就不拒绝，却从不索取任何报酬，人们都说雷山是好人。

转眼十几年过去了，国家发生了一场大运动，此前，雷山因为祖上是地主的原因，早被划成了地主出身。因为这个出身，雷山不能教学了，天天被拉去挨批斗，经常被打得遍体鳞伤。雷山哪里受过这种苦，就产生了寻短见的想法，几次上吊，碰巧都被人救了；几次服毒，刚把毒药放在嘴边，就被妻子一巴掌打掉了；几次跳崖，却仅仅跌断了一条腿。

一段时间后，家人见雷山心情平稳，就稍稍松了一口气。这天，村里来了个算命的，妻子就给他算了一下。算命先生越算，眉头皱得越紧，最后说雷山很可能会服毒自尽，叫她务必当心，于是家人的心弦再次绷紧，几乎不给雷山任何独处的机会，雷山多次自杀皆未成功后，就渐渐放弃了自杀的念头。他似乎也习惯了被批斗的生活。

那场运动结束后，雷山被摘掉了帽子，教师的身份也恢复了，国家还把十几年的工资都补给了他，家人和雷山都高兴得不得了。因为雷山已到退休年龄，不用再去上班，只消在家中领工资就行了，雷山实在想不到辛苦一辈子，晚年还能碰上这等好事。

雷山在挨批斗的日子里落下了咳嗽的病根，身份恢复后就经常喝止咳糖浆。这天上午，雷山正和一群老乡在自家门口聊天，忽然咳嗽得厉害，就急忙回家，随手拿起桌子上的一瓶止咳糖浆，迅速扭开盖子，一口灌下。可是刚喝下，他就吃惊地张大了嘴巴，圆睁了双眼，接着抽搐一阵，一句完整的话都没说出来，就永远闭上了眼睛。

原来，糖浆瓶子里盛的是烈性农药。这药是几个小时前他用喝过糖浆的空瓶子从儿子家倒回来的。本来，他打算下午用它去灭菜地里的虫子。

 # 那双眼睛

这天，豫颖正在山坡上喂鸡，忽然发现山石后面有一双黑眼睛正在朝这边窥视着，豫颖装作没看见，悄悄弯腰从地上捡起一块不大不小的石头，慢慢朝那双黑眼睛靠近，还差几步远的时候，一只野狗嗷地一声从山石后面跳了起来，转身就跑，豫颖把石头狠狠地扔过去，石头打在了野狗的后腿上，野狗呜的一声，一瘸一拐地仓皇逃走了。

这是一只黑色的癞皮野狗，自从豫颖在山坡上开始放养柴鸡，它就经常来偷鸡吃，虽说被豫颖打得伤痕累累，它还是照偷不误，豫颖真恨不得借支猎枪，一枪把它打死。

不用说，野狗这次伤得很重，看着野狗狼狈逃窜的样子，豫颖心中稍微平衡了一些，你这条死狗，叫你还敢来偷鸡！豫颖骂了一句，又开始喂鸡。这时，豫颖的手机忽然响了，原来是医院打来的，医院通知她父亲病重，正在紧急抢救，要她抓紧时间去一躺。

怎么单单在这个时候生病？豫颖不禁有些生气，再过几天这批鸡就可以上市了，这个时候最为关键。不过好歹也是自己的爹啊，不去总说不过去，于是就把鸡场的事匆匆安排一下，便下山打车朝医院赶去。

豫颖已经有很长时间没见过父亲了，一来她确实很忙，二来这些年她一直跟父亲闹别扭。豫颖的家庭很特别。母亲在自己才三岁的时候就去世了，父亲带着自己艰难地生活了许多年。自己长大出嫁后，和父亲眼看都过上了好日子，可是有一天，豫颖忽然听别人说自己不是父母的亲生孩子，豫颖询问父亲，父亲矢口否认，豫颖向别人打听，别人都说不知道，豫颖感到委屈，就赌气很少回家看望父亲。

豫颖来到医院时，父亲正躺在床上打点滴，父亲闭着眼睛，脸上布满了皱纹，头上的白发稀稀落落的。豫颖猛然发现父亲已经非常苍老了，心头不禁猛地抖动了一下。豫颖没有叫醒父亲，她向医生询问父亲的病

情，医生说，老人有点轻微的脑出血，因为发现及时，所以打几天针就好了，医生让她好好谢谢那位正在陪护的邻居，因为要不是他发现得早并及时打120求救，后果将不堪设想。

以后几天，虽说豫颖和父亲很少交流，但还是非常认真地照顾着父亲，第四天一位亲戚来从南方赶来看望，亲戚让她休息一下，豫颖也确实觉得很疲惫了，就临时住进了老家。晚上，她很快就睡着了，在迷迷糊糊的睡梦中，她仿佛听到一阵屋门响动的声音，她以为听错了，就没理会，翻了个身又继续睡去，这时一阵更大的响声传来，这声音古里古怪的，不像是人弄出来的，那又会是什么呢？

豫颖睁开眼睛，翻身下床，这才发现已经是凌晨6点多了，她刚准备开门，忽然听见门外传来低沉的狗叫声，开门一看，一只狗站在门前，更让她吃惊的是这只狗正是经常到鸡场的那只，野狗显然也认出了她，他们似乎都没想到会在这里相遇，一瞬间，他们都愣住了，有那么几秒钟，他们互相对视着，谁也没有任何动作。当然还是豫颖反应更快些，她转身抄起门后的一根木棒朝野狗打去，野狗匆忙转身，落荒而逃。刚跑到街心，恰巧有一辆拉货的大车疾驶而来，野狗匆忙躲闪，但还是晚了，大车呼啸而过，野狗没来得及叫一声就变成了一滩肉泥。

活该！谁让你那么嘴馋。不过豫颖转念一想，心里反而觉得纳闷起来，它为什么会在这里？也不像是为了偷东西吃啊！

来到医院，她把这件事同父亲说了，父亲吃惊地问，黑子真的被车轧死了吗？是啊！豫颖点了点头。父亲转过身去，浊泪顺着布满皱纹的老脸流了下来，豫颖看到父亲如此伤心，迷惑不解地问父亲，一只野狗有什么好疼的，父亲说，它是我的救命恩人啊！

豫颖大吃一惊，就询问具体情况。父亲说，一年前的一个早晨，我起床早，看见黑子在门前转悠，它似乎饿坏了。我就把一块剩下的馒头给它吃了，第二天早上，黑子又来了，我又给了它一块。此后黑子天天来，我也天天喂它，有时我起床晚了，黑子就会扒我的门，还不停地叫唤。后来我就想自己年纪大了，你又不在身边，万一哪天我病了，甚至死了，如果有一只狗在门前不停地叫唤，不就会被好心人发现吗？于是我就天天喂它。这次我得病，刚下床就晕倒了，我躺在地上头疼、恶心，不敢动弹，多亏了黑子在门外不停地叫，邻居们才及时发现并把我送到了医院。要不是黑子，我早就见阎王去了，我还想出院后好好谢谢黑子呢，如今它死了，叫我怎么谢它呢？再说，我要是再病了那可怎么办呢？

父亲说完，就呜呜地哭了起来，看着父亲痛苦无助的样子，豫颖心中五味杂陈，眼泪哗哗地流了下来。

父亲出院后，豫颖不管自己有多忙，每天都要抽空回家看望父亲，并且再也不提自己的身世问题了。

遥远的牵挂

按摩房是一个极易让人产生非分之想的地方，就连年近花甲的老头也难免如此。

按摩床上，一个头发斑白的精瘦老头不太自然地躺着，他的旁边有一个年轻漂亮的按摩小姐，据说她的名字叫米娜。

米娜上身穿一件淡紫色的紧身 T 恤，T 恤弹性很好，张扬着她那诱人的曲线；下身穿一件很短的紧身皮裙，露出大半截修长白嫩的大腿。

米娜一边按摩，一边不时地把头转向旁边，因为她闻到老人身上有一股很浓的汗味，更让她感到不自在的是她发现老头的眼睛始终死死盯着她的胸部。

自从来这儿工作，米娜没少见过这种眼神，但那多数都是年轻人的，只要那人还算规矩，米娜甚至觉得那是一种幸福。这么大年纪来按摩的本来就少，像他这么过分的从未有过。凭直觉，米娜认为他可能会有更出格的举动。

果然，米娜刚一转身，老头就把手朝她伸来，米娜一瞪眼，老头的手立即转了个弯，回到自己的头上挠起痒痒来。

过了一会，老头的手再次朝米娜伸去，米娜发现这次他是朝自己胳膊来的，就装作没看见。

老头的手一点一点朝前伸着，就在差点触到她时，又倏地缩了回去。

此后，老头一直蠢蠢欲动，但是始终没有勇气真正行动，米娜也就不去管他，只是应付性地按摩着打发时间。

老头突然抓住米娜的手是在按摩就要结束的时候。

米娜从老头布满老茧的手中快速抽出自己白嫩的手，与此同时用一种低沉的声音警告道："你想干什么？请放尊重些！"

她本想老人会就此打住，想不到老人憋了好一会说："我想干什么，你还不知道吗？你可不要小看我是农民，告诉你，我承包荒山发财了，不缺钱！"

"我们这里是正规按摩店，没有其他服务！"米娜严正地说。

"你不做，你的同事总有做的吧！让你的同事来吧！"老头依旧不死心。

"我们这除了按摩，根本没有其他服务！"米娜说完，一甩手走出了按摩房。不过，很快她就回来了。

"别骗人了，我早就打听好了！"老头说着，再一次抓住了米娜的手。

米娜举起手来，狠狠地朝他打去。

打过之后，她又怕打得太重了，因为她感到自己的手都生疼生疼的。果然，老头捂着腮帮子痛苦极了。还好，这时老板严莉回来了，她急忙跑了出去。

严莉知道情况后，柳眉倒竖，粉眼圆睁，气冲冲地一脚踢开了按摩房的门。她刚准备大发雷霆，结果一下愣住了，因为老头是她的亲爹。

严莉老家离这儿有2000多里路呢，自从她在这儿和姐妹们开了家按摩店，父母就嚷嚷着来看看，她不愿父母跑这么远来看一个不太起眼的小店，就一直没答应，想不到自己越是不答应，父母越是要来，最后父亲竟然自己偷偷来了，并且到了车站才打电话让她去接。她到车站之后始终找不到父亲，再打电话，父亲的手机已经关了，她正在着急，忽然接到米娜的电话，说有个按摩的不太规矩，让她回来，她就急忙打的回来了。

"你不在车站等我，怎么自己跑来胡闹！"严莉有些生气。

"我要是等着你接，还能了解这儿的情况吗？自从你在这儿搞按摩，你妈就一定要让我来看看，我想来想去，还是这种办法最有效，只是委屈了那个闺女了！"老头说完就去给米娜赔礼道歉。

米娜急忙说："应该赔礼道歉的是我才对啊！不知您现在还疼吗？"

老头揉搓着通红的腮帮子说："你那么用力，我能不疼吗？不过，我可是越疼越开心啊！"

严莉急忙去看父亲的脸，父亲又急忙说没事。父女二人正说着话，忽然发现米娜躲到一边哭泣起来，严莉急忙询问原因，米娜说自己父亲卧病在床，母亲天天照顾父亲，他们即便担心自己也无法来啊！而她自己为了挣钱也已经3年没回家了。

说着说着，米娜的眼睛就红了，这时大街上传来布仁巴雅尔断断续续的歌声：父亲曾经形容草原的清香，让他在天涯海角也从不能相忘，母亲总爱描摹那大河浩荡，奔流在蒙古高原我遥远的家乡……站在这芬芳的草原上我泪落如雨……保佑漂泊的孩子找到回家的路……请接纳我的悲伤我的欢乐……

　　歌声断断续续，米娜听得泪落如雨，严莉本想安慰一下米娜，可是不知不觉间泪水早已溢满眼眶，干脆不再安慰米娜，只是紧紧拥着她，在那悠远绵长的歌声中和她默默地流了一场眼泪。

 # 黑夜魅影

当樱子走上沭河大堤时，天已经黑透了。大堤上静悄悄的，一个人也没有，只有两边落光了树叶的高大白杨，在冬风中发出飕飕的声响。要是在平时，这大堤上虽然行人不多，但还是有的，今天怎么连一个人都没有呢！樱子不禁害怕起来。

但倔强的樱子还是继续向前走着，当她转过一个弯时，忽然发现大堤旁边的几棵大树斜倒在地上，树干有些地方没了树皮，闪着白冷冷的光，樱子立即起了一层鸡皮疙瘩。

樱子这才想起前几天晚上这儿发生了一起车祸，一位中年妇女被一辆货车压死了。近来，这儿已经连续压死三个女子了，大家都说这儿有鬼。

想到这里，樱子感到毛骨悚然，一个她想赶紧回家，另一个她却倔强地向前走着。这时，她忽然发现远方有个黑影向这边飘来，樱子急忙蹲下，揉了揉眼睛，再去看远方，并没有什么动静。她想一定是幻觉，就壮着胆子再次站了起来，可是刚走几步，那个黑影又朝这飘来，樱子急忙咳嗽一声，那个黑影不见了。到这时，樱子已经出了一身冷汗。

过了好久，樱子再次壮着胆子朝前走去，这时她忽然发现黑影已经到了自己身边，樱子大吃一惊，急忙呼救。接着，黑影似乎一下扑向了自己，樱子一下晕了过去……

当樱子醒来时，她发现自己躺在一个老年妇女的怀抱里。"孩子，你终于醒了，你可把我吓坏了，你说你，天这么晚了，怎么一个人到这里来！"

"我遇上鬼了！快救救我啊！"樱子紧紧抓住她的胳膊说。

"好孩子！别害怕，哪里会有鬼？是我吓着你了吧！"那人说。

樱子挣脱她的怀抱，虽然在黑暗中，樱子还是感觉到她的衣服很破

旧，并且有一股很大的汗味。

"孩子，和母亲闹矛盾了吧！刚才你喃喃自语，说什么你母亲不喜欢你了，虽然我不知道原因，但你肯定错了！"那位妇女问。

"她喜欢我才怪呢？我父亲去世了，我不想让她改嫁，可她就是不听，这几天甚至和我争吵。今天那个男人又到我家了，我故意离家远远的，叫他们高兴高兴！"樱子气呼呼地说。

"你母亲这样做，肯定是有原因的，你要理解母亲，回家吧！不然你母亲会着急的！"那位妇女说。

"对啊！我还忘了问你呢，天这么晚了，你一个人来这儿干什么？你不害怕啊！"樱子说。

"我怎么不害怕呢？但是我必须得坚持啊！刚才我也认为撞见鬼了，直到听到你的声音才不再害怕！"那位妇女说，"你应该感到幸福才是！虽然你有很多不幸，但至少你是健康的。我女儿就不同了，她有一种很难治的肝病，现在唯一办法就是换肝脏，我打算给女儿捐肝。前些日子体检，医生说我太胖了，有脂肪肝，必须得靠运动减肥，所以我就坚持锻炼。白天我有很多事情要做，现在才有空闲。"

"你还胖啊！我怎么觉得你浑身都是骨头啊！"樱子吃惊地说。

"对啊！我现在比原来瘦多了，因为我坚持每天顺着这条大堤步行 10 公里，已经 4 个多月了，再过几天，我就可以到医院复查了！我想我会成功的！"那位妇女说。

"你女儿真幸运啊！我怎么就没有这么好的母亲呢！"樱子长叹一声说。

"哪有母亲不爱自己孩子呢！你一定误解了你母亲！好了，快回去吧！我也要开始锻炼了！要不我送你回去！"那位妇女说。

这时，远处射来两束明亮的手电筒光。与此同时，飘来了一位母亲焦急的呼喊声。那声音沙哑而悠长，在夜风里久久回荡。

模　拟

　　晚上9点多钟，小区内来往的人已经很少了，昏黄的灯光照着灰白的路面，阵阵冷风忽左忽右地吹着，一些刚刚飘落的梧桐树叶在稍显空阔的水泥地面上悠来荡去。

　　张千鸣穿着一件厚厚的大衣在自己的楼下不停地徘徊着。他不时抬头看一下四周的情况，不管哪里有什么风吹草动，他都立即瞪大眼睛看个不停。

　　已经很长时间没有人进出了，应该安全了。他快速从地下室拿出一大袋东西，匆匆朝旁边那座楼走去，可是刚拐过楼角就一下碰上好几个人，其中一个问他干什么，他支吾了好一会说自己去扔垃圾。

　　"天这么冷，你就别跑腿了，我们正好上厕所，顺便给你带着吧!"一个人说。

　　"不——不——不用!"张千鸣结结巴巴地说。

　　"这有什么不好意思!"那人伸手就去夺方便袋，张千鸣急忙躲闪，一不小心，方便袋破了，"哗啦"一声，里面东西全掉在地上，张千鸣大惊失色，那几个人更吃惊——这哪里是垃圾，分明是价值数千元的贵重礼品!

　　"牛!真是牛!竟把这么贵重的东西当垃圾!"几个人一边帮张千鸣收拾东西，一边冷嘲热讽。张千鸣无地自容，一句话也说不出来。

　　第二天，张千鸣送礼的消息在单位迅速传开，至于具体送给谁家想办什么事，更是众说纷纭……

　　想到这里，张千鸣额头早已渗出一层细密的汗珠。其实，这只是张千鸣的一次模拟送礼过程。张千鸣今年快50岁了，不但没混上个一官半职，就连职称也没晋升。前些日子，别人提醒他到新提拔的人事科长家意思意思，可张千鸣为人耿直，从没干过类似的事，所以十分为难，他在心里一遍遍模拟送礼的过程，可是越想越怕。

怕归怕，事情终归要办。经过多次模拟之后，张千鸣自我感觉已经考虑得非常周全了。

那晚，他把一包不大不小的礼物藏在羽绒服里，很容易地敲开了领导家的门，给他开门的是领导十几岁的女儿，当张千鸣问清楚确实只有她一人在家后，紧张的心情顿时放松了许多，他把东西放在沙发旁边的茶几上，说领导让他帮忙把这包东西带过来，领导女儿毫不怀疑地收了起来。

第二天下午，有人告诉张千鸣，人事科长找他，张千鸣忐忑不安地来到科长办公室。领导很客气地给张千鸣倒上一杯茶，张千鸣非常局促地坐着，甚至连碰茶杯的勇气都没有。领导也许看出了张千鸣的紧张，就急忙告诉他说，自己会尽量帮他解决困难，还说女儿不懂事，不该收下他的东西，不过自己已经叫女儿把东西原封不动地送回他家了。

领导说话抑扬顿挫，他把"原封不动"四个字说得格外重。张千鸣的脸"腾"地一下红了。

当他离开时，领导再次强调晋升职称的事尽管放心，接着朝张千鸣笑了笑，张千鸣发现领导的笑很诡秘，弄得他既害羞又纳闷。

下班后，张千鸣垂头丧气地回到家里，当妻子拿出那包用黑色方便包装的礼品时，他生气地说："现在的领导啊！真是贪得无厌！什么廉政清明，分明是嫌礼品太便宜了！他不要我还不送了呢！干脆自己抽掉算了！"他撕开方便带，撕开报纸，不禁大吃一惊，他明明送去了两条价值一千多元的好烟，怎么变成了两条仅值几十元的普通烟呢？张千鸣一开始很是不解，经过一番考虑和联想，他终于恍然大悟。

张千鸣想：真不愧是领导啊，事情做得真是高明，既收下了东西，又不留任何把柄，真是天衣无缝！几个月后评职称，张千鸣当然很顺利通过了单位的初评，报到上面也很顺利。

这天，张千鸣正在埋头工作，手机忽然响了，原来是公安机关打来的，公安人员询问他半年之前是不是在某香烟专卖店买过两条好烟，而这两条烟被掉包了。张千鸣一开始矢口否认，接着又立即承认了，因为他想起给领导送礼的事了，这么说香烟根本不是领导掉的包，而是香烟专卖店里的人员做了手脚。

后来他才具体了解到卖给他烟的那个人是个骗子，当别人买贵重烟时，经常在给人包装时趁人不注意快速换成普通烟，事后很多人看也不看就直接送人了，偶有发现者，只要走出店门，他就拒不承认。后来因为不少消费者反映，才被公安机关查封了。根据店主的交代，公安机关才查到了他并找他落实情况。

知道真相以后，张千鸣感慨万千，不禁对领导肃然起敬。

素质问题

午后的阳光透过稀疏的树叶肆无忌惮地倾泻着，灼热的气浪一阵阵疯狂地扑来扑去，远处树林里聒噪的蝉声也推波助澜般此起彼伏。

张教授一边演讲，一边用手不停地刮着从额头上流下来的汗水。也许压根就不该接受这次邀请，张教授有些后悔地想。

张教授是著名的定位教育演讲大师，他的演讲地点一般在非常高级的学术报告厅，演讲对象也多数是大学生和企业高管，在露天环境对民工进行演讲还是第一次。

最让张教授头疼的是民工们缺乏激情，更不愿意配合他进行互动，张教授干脆省去了许多互动环节，自顾自地演讲着。演讲了一会，他忽然感到不太对劲，仔细一看，原来接近一半民工在打瞌睡，其余的也都蔫儿吧唧的。

张教授停止演讲，直直地盯着会场。一般情况下，会场现状很快就会改变，可是这次他盯了好一会依旧没有任何起色。张教授摇了摇头，轻轻叹了一口气。

"你们知道自己为什么只能是民工吗？那都是因为你们不愿提高自身素质！"张教授有些失望地大声说。

张教授说完，民工们陆陆续续地抬起头来。当然，有些是自己醒的，有些是被人弄醒的。

张教授环视了一圈会场，继续他的演讲。可是刚讲了几句话，一个民工的手机响了起来，是那种古怪的彩铃声，声音很大，震动全场。张教授不得不中断了演讲。

过了一会，又一个民工的手机响了起来，依旧是那种刺耳的彩铃，张教授再次停下了演讲，他盯着彩铃响起的地方皱了皱眉头。

等铃声结束，张教授强压怒气，再次开始演讲。不久，竟有好几个民工的手机同时响了起来，会场铃声一片，聒噪无比。张教授生气地说："为了尊重别人，大家最好关闭手机。再说，手机是自己用的，为什么一定要把铃声弄得惊天动地呢？自己能听到不就行了吗？其实铃声大小与一个人素质高低是成反比的，也就是说铃声越高的人素质往往越低。"

听张教授这么一说，民工们有些脸红，也有些骚动。

过了一会，张教授接着说："如果大家还想提高自身素质，就要从现在开始，大家先调低铃声，然后关掉手机。"

民工们议论纷纷，更加骚动起来，过了好久，才慢腾腾地开始行动，看得出来，很多人没调铃声就直接关机了。

"真是不求……"张教授强忍着才没把那个"上进"说出来，但是民工们显然也理解了张教授的意思，于是又一阵骚动。等民工们好不容易静下来，张教授才开始演讲。

听完报告，民工们还得干活。张教授也没有立即回去，他想感受一下民工的生活，于是在公司领导的陪同下，连续参观了好几个工地。

晚上就餐前，张教授猛然发现自己的手机上有好多未接电话，于是分别回拨了过去，有些事不是很重要，有两件事却让他遗憾无比，一件是有个大公司想找一个顾问，待遇优厚，公司本来想找他，因为他一直不接电话，所以只好找了本学院的另一个教授；另一件是省电视台做几期心理访谈性质的节目，想找他担任特邀嘉宾，因为他始终没接电话，只得找了另一所大学的教授。

眼看到手的肥肉却便宜了别人，张教授越想越生气，尤其是后一件，更是他梦寐以求的提高知名度的绝佳机会。张教授既遗憾又纳闷，自己怎么会听不到电话呢？他查了一下那些电话的来电时间，原来都是他参观工地时打来的。噪音，都是工地震天的噪音弄的。张教授的手机铃声很小，在一般环境能听到，在那种环境根本听不到。

这时，他猛然想起民工们的彩铃为什么都惊天动地了，再加上这天下午对民工的了解，张教授终于理解了民工，在那么劳累的情况下，逼迫他们听一个无关紧要的演讲，他们怎么不昏昏欲睡呢？

想到这里，张教授猛然觉得非常对不起那些疲惫的民工们，于是想：如果还有机会给他们做报告，一定要先给他们赔礼道歉，并深深地鞠一个躬。

智 商

接近中午 11 点，春末的阳光灼热地照着，晒得人皮肤有些发痛。王娜骑着电动车在人流车缝间拐来拐去慢慢前进着。她骑车姿势很优雅，显得气定神闲、不急不躁。实际上，她内心相当焦灼，道路上聒噪无比的声音她仿佛一点也听不到，耳畔只是一遍遍回响着张老师的话。

你这孩子太难教了，我一直怀疑他的智力有问题，你最好同他去测一下智商！张老师指着严超，很不客气地对自己说。

我觉得没有必要，孩子的智力应该没问题。当时她这样辩解，但是连她自己都觉得辩解苍白无力。

要是没问题，成绩怎么会这么差？不学习也就罢了，更烦人的是天天捣乱，影响别人学习。

孩子他爸单位效益不好，我又没有固定工作，我们经济不宽裕……再次回忆起自己这些话，她感到自己的心在流血，拮据的生活已经使自己毫无颜面了，想不到自己的孩子也这么不争气。

再紧张，在孩子身上也要舍得投入呀！总不至于连这么点钱都没有吧！张老师满脸鄙夷的神情令自己无地自容。

儿子严超现在上八年级，不但对学习缺乏信心，而且经常违反纪律，成绩很差。为此，班主任张老师曾多次向自己反映情况。可是自己也没有办法，严超就是这样，你批评他，他当时非常听话，之后照旧我行我素。

老师让王娜带严超去做智商检测，王娜有很多顾虑，倘若检测出孩子智商确实有问题，那不是会对孩子的脆弱心灵和今后发展产生很大负面影响吗？她把严超领回家后，把他批评一顿，自己就出门了。她决定先去张教师给推荐的医院咨询一下情况。

医院里每个窗口前都挤满了人，当导医台服务人员告诉她挂号后光等待就得一个多星期时，她更气愤了，心想，都说现在很多教师缺乏职业道德，看来是真的，要不，怎么会有这么多人来测智商？

气愤归气愤，智商还得测。

她正准备挂号，手机忽然响了，她拿出手机一看，原来是张老师打来的，张老师首先问她是不是跟儿子在一起，然后告诉她，自己绞尽脑汁就是调动不起严超的学习积极性，让严超去做鉴定实际是想激发一下他，老师和医院的那个医生熟，他已经跟医生说好了，不管鉴定结果如何，都要求医生告诉严超他的智商很高，具有非常大的发展潜力，而鉴定结果医院本来就是只告诉家长的，所以这样既了解孩子又能鼓励孩子，做一下应该有好处。

王娜急忙问为什么不早告诉她，张老师说，如果早告诉了她，他担心她不一定能配合得那么好，因为他还想让严超觉得自己学习不认真，导致家长在老师面前也没有面子。这样也许能激活严超内心潜存的自尊和不服输的精神。他希望王娜能够原谅自己刚才对她的不尊重并支持他的做法。

听完老师的解释，王娜甚至有些不敢相信自己的耳朵，她实在不敢相信老师为了教育自己不争气的孩子竟然肯动这么多脑筋，相比之下，自己对孩子的教育方式却太单一了，这也许就是孩子不听话、不认真学习的主要原因吧！

两周之后，严超的智商测出来了，果然如老师所说，测完智商，医生高度表扬了严超。王娜也表扬了严超，并对他今后如何学习进行了耐心指导，张老师也对他做了很多工作，此后严超学习果然认真了许多。

这个学期转眼就结束了，放假这天，严超抱着一大摞崭新的书籍，满面春风地朝母亲跑来，说："我获得了班级进步奖，这些书是老师奖给我的，老师说这是班里从本学期开始设的奖项，只奖给进步最快的学生！"

王娜这才想起测过智商后，张老师坚持由自己出钱，可王娜觉得这实在不合理，就没有接受老师给自己的钱，这也许是老师变着方式对自己的补偿吧！

看着那摞崭新的书籍，王娜猛然觉得儿子的美好未来正一页页翻开，不禁心潮澎湃，久久难抑。

手上的母爱

多年前，小萌父亲得了脑血栓，最初生活不能自理，经过很长时间的治疗和锻炼，不但能够自理，而且可以干点家务了，一家人高兴得不得了。

一个农村家庭，本来就很贫穷，家中的顶梁柱得了这么大的病，对家庭经济而言，无异于雪上加霜。为了维持家计，这年春天，母亲便背起铺盖外出打工去了。临走前，母亲让小萌多帮爸爸干些家务，小萌非常懂事，一放学便忙着烧火做饭、喂养家畜，俨然成了一个小大人。

春节前，母亲回来了，大家都非常高兴，小萌更高兴些，因为自己终于可以放松一下了。那天晚上，小萌偎依在母亲怀里问她在外干什么工作，母亲说在城市给公园清除杂草，小萌立即问公园美丽吗，母亲一边抚摸着小萌的头一边说公园能不美丽吗，接着就描述起城市的亮丽风景来。有关城市的情况，一家人了解得很少，大家都听得津津有味，仿佛忘记了生活的沉重。

这天，母亲正在做饭，忽然叫小萌过去帮她洗菜，正在看书的小萌就有些不太高兴，不过还是帮母亲洗了。以后几天母亲天天叫小萌洗菜刷碗，小萌就越来越不高兴了，这天母亲刚叫她，小萌就生气地说："你就不会自己洗吗？水那么凉，你不愿意洗，人家就愿意洗了？"见小萌这么说，母亲便不再言语。

其实，小萌不愿洗菜刷碗还有另外一层意思——她想趁着母亲在家，好好保养一下自己的双手。小萌现在上初二了，已经知道爱美了，女生们下课了，有时会相互比较一下各人的手，别人的手又白又嫩，非常好看，可是自己的手既黑又粗糙，非常难看。为此，同学们经常取笑她，她不服气，也想把自己的手保养得好好的，和她们比比。

还好，自从小萌生气之后，母亲就不再让她帮忙了。这样小萌反而觉得不好意思了，于是格外注意起母亲来。

这天，小萌忽然发现母亲用铲子在搅动水里的菜，母亲为什么不用手来洗呢？小萌感到不解，就过去问母亲，母亲说："这菜好洗，冲一下就行了！"小萌刚准备说什么，忽然发现母亲的手似乎与原来大不一样了，原来母亲的手指又细又长，非常好看，现在所有的手指关节都非常粗大，仿佛肿了一般，小萌一把抓过母亲的手说："妈妈，你的手怎么变成这样了？"母亲说："傻孩子，妈妈的手不是好好的吗？"

小萌知道母亲有些事情故意瞒着自己，就坚持问个不停，没有办法，母亲只得告诉小萌实情，原来母亲因为年龄大，不好找工作，没有办法，只能在一家冷库干活，母亲本来就有风湿病，根本不适合干这种工作，可是为了挣钱，她还是忍着疼痛坚持了下来，因为长期在冷湿的环境中，手指关节就变成了这个样子。现在她的手一碰到冷水就又麻又疼，难以忍受，所以才让小萌帮忙洗菜。

小萌哭着说："你的手都变成这样了，怎么不早告诉我呢？"妈妈说："你的手不也变成这样了吗？女孩子家，哪有这么粗糙的手？妈妈看你这样，也心疼啊！"小萌哭着说："我的手不要紧，我以后天天帮你干活！"说完，紧紧地抱着母亲哭了起来。

母亲轻轻地摇了摇小萌说："别哭了，小心让你爸听到！"

这时，她们忽然听到外面似乎有动静，于是急忙擦干眼泪，抬头向窗外看去。与此同时，小萌父亲早已转过身子，拄着拐杖，快速朝旁边走去了……

高三女生

这天下午，空中飘着细雨。临近放学，市实验中学的门口停了好多车辆，围着许多家长。一位衣着朴素但很整洁的中年妇女没有把伞撑开，她怕伞遮挡了她的视线，或者说她怕伞遮挡了她要等的女孩的视线，女孩叫紫铭，一个即将毕业的高三学生。

考试结束的哨声响过，学生们便陆陆续续地走出校门。很快，那名妇女就在人群中看到了稍显疲惫的紫铭。

"怎么又是你！我妈妈为什么不来？"一见面，紫铭就生气地说。

"有一个重要的客户要同她谈生意，办完事，你妈妈会立即回家的。"她撑开伞，打在女孩的头顶。

女孩显然不满意，坐上车的时候，依旧把头扭向窗外。不过那名妇女也没有再说什么，她知道女孩需要安静。

刚结束的是全市统一组织的高三二轮模拟考试，女孩应该考得不理想。在这种情况下，父母的安慰对缓解孩子的压力是最有效的，可是紫铭父母经营着一个跨国公司，父亲常年在国外，母亲主持着国内部分，根本没时间照顾孩子，这项任务只能由她这个高考保姆来完成。

回到家中，她首先征求了紫铭的想法，然后到市场上去买菜。买回菜，她精心烹制了六个小菜。这几个菜荤素搭配，既有营养，又不油腻。眼看就到了吃饭时间，紫铭母亲还没回来，她正在犹豫该不该吃饭，电话忽然响了起来，是紫铭母亲打来的，她说不用等她了，今晚她陪客户吃饭。

她放下电话，轻轻敲紫铭的门，敲了许久，紫铭还是不开门。她只得隔着门对紫铭做思想工作，目的是让紫铭认识到父母并不是不关心她，而是工作实在脱不开身。可是无论她说什么，紫铭都毫无反应。她轻轻推开门，走进卧室。原来，紫铭已经睡着了。

这孩子，太疲惫了！

她刚准备退出去，紫铭忽地从床上坐了起来，指着她，大吼道："谁让你进来了！连基本的礼貌都不懂，还冒充什么专家！抓紧给我滚蛋！"

她大吃一惊！

紫铭性格怪异，经常发脾气，要说这么激烈，还是第一次。对紫铭的不礼貌，她倒不怎么放在心上，因为自从担任紫铭的高考保姆以来，她已经从心底把紫铭看成自己的孩子了。她知道孩子把内心的郁闷发泄出来，比憋在心里强得多。

她相信自己有能力让孩子高高兴兴地吃饭，同时对第二天的工作也有了更成熟的打算：分析考试不理想的原因；制定下一步的学习目标；增进孩子对家长的理解；增强学生应对高考的信心。

吃过晚饭，她又做了好长时间的工作才使紫铭平静下来，在她的要求下，她复习到11点左右就提前休息了。紫铭休息后，她一直呆呆地坐在客厅里，她没有开电视，怕影响紫铭休息。

凌晨1点多，紫铭母亲才回家，她汇报了一下情况，就在紫铭母亲为她专门准备的卧室中休息了。第二天，紫铭母亲起床后，看了一眼还在酣睡的女儿，交代一下就早早出门了。

不过这一天她的工作倒还顺利，她不但把紫铭的生活安排得井井有条，还做好了紫铭的思想工作，最后还抽空同紫铭到附近的商场选购了一些内衣和营养品。

下午，紫铭就得返校。返校时，紫铭显得信心百倍，刚到学校门口就和其他同学说笑着，看着紫铭那充满活力的背影渐渐融入校园之中，一种异样的感觉涌向她的心头。

她给紫铭母亲打了个电话，便坐上公交车，匆匆赶回位于郊外的家中。家中静悄悄的，她的内心有些失落。不过，她在桌子上发现了一张纸条："妈妈，你放心吧！我不会让你失望的！你身体不好，要注意休息！您的女儿。"

她知道这是女儿对她的回答。离家之前，她曾给女儿留了一张纸条。纸条是这样写的："女儿，这个周末，妈妈还是不能陪你，我必须出去挣钱。你知道，你很快就要上大学了，仅仅靠你父亲在外地打工是无法支付你和你哥哥的学费的。你要学会照顾自己。妈妈。"

今年，她的女儿也上高三。

村里有个姑娘叫紫涵

　　山村贫穷闭塞，却出漂亮姑娘，紫涵就是其中一个。从很小，村人就夸她是美人坯子，长到十几岁，越发出落得清丽动人。紫涵不但人长得好，还擅长歌舞，别说现成歌曲，就连随口哼一下也有滋有味。

　　只可惜山村贫穷，交通又不便，上完高中的就很少了，能上大学的更是凤毛麟角。紫涵家庭经济更紧张些，虽说她的父母只有这么一个孩子，但是这些年她母亲身体一直不好。本来嘛，初中毕业父母就打算让她出去打工，可她就是不肯，于是继续上高中，好在这些年国家对贫困生补贴不少，再加上乡亲们的帮助，她硬是把高中上了下来。

　　高考那年，紫涵非常顺利地考取了某音乐学院，但巨额学费却把她愁坏了，紫涵父母虽说做过许多努力，凑的那点钱不过是杯水车薪。后来，紫涵含着泪把录取通知书压到了箱底，和别的姑娘一样坐上了南下的列车。紫涵一去就是三年有余，这期间她虽然坚持给家中寄钱，但从未回过家。

　　紫涵母亲问她干什么工作，紫涵始终不说，紫涵母亲打听别的姑娘，她们也都说不知道。有人说紫涵长那么漂亮，到了大城市，肯定会和一般漂亮姑娘那样从事特殊职业，紫涵母亲不相信人们的谣言，但又找不到反驳的证据，也就只能任人嚼舌。

　　这年秋天，紫涵父亲打电话说她母亲病重，特别想见她。紫涵说暂时脱不开身，并问过几天再回家行不行，紫涵父亲犹豫了一会，最终还是同意了。十几天之后，紫涵风尘仆仆地赶回家中，却发现母亲已经过世了。

　　她扔掉背包，跑向坟场，扑在母亲坟上大哭不止。不知什么时候，紫涵父亲来了。他说，我和你娘没本事，对不住你，可你怎么就忍心不回家见你娘最后一面呢？紫涵说我何尝不着急呢？可是实在脱不开身。

听紫涵这么一说，紫涵父亲忽然咆哮起来，你这么说，怎么对得住你娘的在天之灵！你到底忙什么，全村人都在电视上看到了！你可知道，你欢天喜地地跑到舞台上给那个小白脸献花时，你母亲正挣扎在生死线上！

回家后，紫涵就病了。她高烧不退，不省人事，一躺就是数天。

当她醒来时看着床前的鲜花非常吃惊。紫涵父亲说是她的同事送来的，紫涵父亲一边说着，一边不住地抽着旱烟，最后在地上磕了磕烟锅说："你若是想走，就走吧！到外面要学会照顾自己！"紫涵呆呆地看着父亲，实在弄不明白父亲的态度为什么一下转变了这么多。

原来紫涵的同事来看紫涵时说出了真实情况：她们在一家公司当职业粉丝并签了合同，公司规定职业秘密不许外传。那些日子紫涵所支持的那位歌星正巧有一些重要的比赛项目，作为职业粉丝，那些时候是必须到场的。

紫涵痛苦地说："你怎么不告诉我母亲病危呢？否则，无论如何我也要赶回来。"紫涵父亲说："当时我也想告诉你，可是你母亲怕你着急就制止了我，当时你母亲不住地说着你的名字，就是到最后也是睁着眼睛啊！"紫涵父亲一边说一边重新按上一袋烟。

紫涵再次跌跌撞撞地跑向母亲的坟前，跪在那里，热泪横流。那时候，季节上虽然刚过中秋不久，但紫涵却觉得寒风彻骨，仿佛早已是深冬了。

当她红着眼睛回到家里，父亲安慰了她一会说："孩子，你虽然对你娘不住，但信守合同也是对的。去吧！你的同事还等着你呢！"紫涵哭着说："我的合同已经到期了，我再也不走了，我要在家好好陪你！再说，在家里不也同样可以创业吗！"

紫涵父亲紧紧地抱着女儿，一瞬间老泪纵横。

半年后，县里搞乡村旅游开发，寻找形象代言，紫涵脱颖而出，毫无悬念地成为本地的形象代言。如今紫涵正在省城接受培训，准备回家后干一番大事业呢！

让你没有牵挂

当白发苍苍的孙光明带着老伴一脸沧桑地回到家乡时，人们就猜测他的儿子出事了。

孙光明是我的远房亲戚。几十年前，他就拖家带口离开家乡去闯关东了，现在回来，连个居住的地方都没有了，他的老屋早被鬼子放火烧掉了，于是就和老伴寄住在我们村头的几间草屋里。

不管谁问起他在东北的经历，他都只是摇头叹息。

孙光明乐善好施。谁家遇上了困难，他都慷慨解囊，一开始大家以为他非常有钱，就悄悄打探他的生活情况，结果发现他和老伴很多时候只是靠野菜充饥。

孙光明喜欢孩子。他经常带着一大群孩子到处玩耍，孩子当然也喜欢跟着他玩，这不仅是因为他会不时从口袋里掏出一两颗糖块，更重要的是他善于雕刻，一段普通的树根，到了他的手里，很快就能变成一件艺术品，孩子们都以能够得到他的根雕为荣。

回到家乡才两年，他的老伴就病了，病很怪，虽不疼痛，却浑身没有力气，找过许多医生，都说没有法子，也就认了命。

孙光明本来喜欢热闹，自从老伴病了，他便不再到处凑热闹，而是天天在家陪着老伴。

一日，老伴忽然说："现在这年月，兵荒马乱的，也不知什么时候是个头！狗子不在身边，我老了，你给我操办后事；你老了，怎么办？"

孙光明有些生气："头发长见识短！战争很快就结束了，狗子也很快就会回来的！"

孙光明的妻子死在一个秋日的深夜，于是第二天早晨，人们就看见一个吸着旱烟的佝偻老头，踏着枯叶，在村里慢慢走来走去。

等把所有的人都找齐了，孙光明吩咐好每个人该干的事，并且把各种所需物品和足够办丧事的钱都交代得清清楚楚。

交代完毕，他有些疲惫："这个死老嬷嬷，死也不会找时间，大半夜的，害得我一夜没睡，你们忙活着，我得休息一会儿!"说完，就到另一间小屋去了。

等他走了，人们都惊叹他了不起，老伴死了，能如此镇静不说，后事竟安排得滴水不漏。

人们正在分头忙碌，忽然听到小屋里传来很大的呻吟声，跑去一看，只见他抱着肚子在地上剧烈地打滚。人们急忙问他怎么了，他摆了摆手，什么话也不说，接着，很快就断气了。

整理遗体时，人们发现他上衣的第一颗扣子没了，而缝扣子的线宛然尚在。这时人们才想起，他上衣的第一颗扣子有些特别，应该是一颗金扣子，这么说，他应该是吞下扣子坠金而死的。

这么说，刚才他是为老伴，也是为自己安排后事啊!

1946年春天，他的儿子孙敢带着一队人马路过家乡时，人们才知道8年前孙光明就把儿子送进了抗日联军，并且把多年的积蓄也全部捐给了部队。

当孙敢看到父母的新坟后非常吃惊，因为早在两年之前，孙光明就托人带给他一封信，信是以一位老乡的口气写的，信上说孙光明和老伴先后无疾而终，并已安葬好了。父亲在遗书中让他绝对不能回来，一定要好好打鬼子，因为鬼子很快就要失败了，不然，想打也没有机会了!

人们推算，那时正是孙光明老伴病重的时候，这么说孙光明坠金而死绝非一时冲动。

知道真相之后，孙敢痛哭流涕，他说，这些年来，他一直对胜利缺乏信心，是父亲的不断鼓励才使他充满信心并屡建奇功，想不到父亲竟这样去了!

虽然过去了六七十年，这事在我们家乡还是流传甚广，人们莫衷一是。有人说，他怕妻子孤单，所以要始终陪着她；还有人说，他虽然鼓励着别人，自己的精神世界却倒塌了；也有人说，他这样做，只是为了让儿子毫无牵挂地进行抗日……

你在我身边

在一座整洁而寂静的公寓里，一位满脸皱纹的老夫人正拿着电话，用枯瘦的手指在键盘上熟练地拨着号码。

很快，电话那边就传来了嘟嘟的声音，老夫人脸上的笑容仿佛初春时节含苞欲放的牡丹，只等春风一吹，便可绽放出满城灿烂。

然而，春风却没有吹来，电话响过几声后，那边传来"对不起呀！我现在很忙，有事请留言……"的提示。

老夫人拿着电话，静静地站了一会，就把电话扣了。

"忙！你忙就忙吧！"老夫人一边嘟囔着，一边收拾东西，她背上长剑，就出去晨练了。

这时，东方露出一片粉红色的霞光。

晨练归来，老夫人吃过简单的早餐就又出去了。几个小时后，她带着一大袋青菜回来了，她把袋子放到厨房，再次来到电话前，拿起电话，静静地站了一会，然后摇了摇头，把电话扣了。

她看了一下表，接着到厨房忙碌起来，不久，她就做出满满一桌子饭菜。

她把饭菜重新调整一番，然后摆上三双筷子、三个酒杯。她又看了一下表，打开电视，拿着遥控器，不停地换着台，当她把所有的节目都浏览了一遍，就把电视关了。

有一段时间，她只是呆呆地坐着，除了偶尔看一下墙上的表。

这时，她又看了一下表，接着拿起电话，开始拨号。

静静等待。

电话那边传来了嘟嘟的声音，响过几声之后，再次传来"对不起呀！我现在很忙，有事请留言……"的提示音。

老夫人仰起头，看了一会天花板，又看了一会窗外马路上川流不息的车辆与来来往往的行人，然后摇了摇头，轻轻叹息一声，就把电话挂了。

老夫人坐在沙发上，出了一会神，打开一瓶酒，把旁边的一个酒杯倒满，然后又打开一罐饮料，把另一边的酒杯也倒满，接着又在自己的酒杯里倒上白开水，就独自一人慢慢吃喝起来。

吃过饭，老夫人刚拾掇好桌子，茶几上的电话就突然欢快地唱起歌来，老夫人急忙跑过去，接起电话，老夫人接连答应几声，就放下电话，换上衣服，匆匆出门了。

老夫人回家时，已经是下午5点多了，她的手里提着一个小巧而精致的生日蛋糕，她把蛋糕放到桌子上，又打起了电话。

电话很快就打通了，但这次与上几次不同，电话不但没人接听，而且连留言提示音也没有了。

老夫人一下慌了神，嘴里一直嘟囔着："怎么会这样呢？怎么会这样呢？"

她立即挂断电话，再次快速拨下了那串号码，通了，依旧没人接，也没有留言提示音。

这下老妇人真急坏了，她慌乱地放下电话，冲进卧室，快速打开一个精致的坤包，翻出一部粉红色的漂亮手机，细心地检查起来。她翻来覆去检查了好久，突然跌坐在沙发上，目光呆滞，喃喃自语："婷儿，难道你不记得今天是你的生日了吗？打电话你不接，也不留言，你到底有多忙？以前你不是再忙也要留言吗？今天你到底是怎么了？"

过了一会，她又突然清醒过来，她定了定神，擦着有些发红的眼睛，兀自摇了摇头，接着又拿起手机仔仔细细地检查起来。

看起来手机似乎没有任何毛病，可是留言声为什么突然就没有了呢？老夫人茫然不解。不过，明天，总会找到解决办法的，老妇人把手机紧紧地贴在胸口想。

原来，这部手机是她女儿婷儿的，而婷儿早在一年之前就牺牲了。当时，她作为一个志愿者到汶川参加抗震救灾活动。作为一名医护人员，女儿生前就非常忙碌，所以在电话里设置了这个留言提示，女儿牺牲后这部手机却有幸留了下来，于是老夫人就一直为手机交着话费。半年前，他的老伴也去世了，社区里让她进敬老院，她却以自己身体很好、完全能够自理为由拒绝了。

她之所以经常拨这部电话，其实只是想听一下女儿的声音。

英 雄

却说姜维退守剑阁，被钟会大军所围，势单力孤，急切盼望后主派兵救援，却见太仆蒋显传令早降，方知邓艾已攻取成都，不禁大惊，众将闻知，亦须发倒竖，号哭震天。

姜维苦思良久，曰："形势危急，性命与名节难以两全，不知大家想保全什么？"

众将曰："望将军明示。"

姜维曰："保全性命则降，虽名声扫地，仍不失封侯晋爵；保全名节则战，虽无力回天，却可换得忠烈之名。"

众将感伤不已，纷纷摇头。

忽一将问曰："可有第三条路？"

姜维曰："有，只是凶险异常，不知诸将从否？"

众将曰："愿听号令。"

姜维曰："假降。"

众将惊问："假降若何？"

姜维曰："假降钟会，激化钟会与邓艾的矛盾，进而借钟会之力除掉邓艾，最后再除掉钟会，则国家光复有望。"

众将转悲为喜，纷纷言妙，独张翼不语，摇头叹息。

姜维问曰："何故叹息？"

张翼道："此计不妥，假降之后，必成任人宰割之鱼肉，何谈借刀杀人？而事成之前，司马昭若另派他将领军而来，我们即便除了钟邓二人又有何用？更有甚者倘有人泄露机密，我等岂不死无葬身之地？"

姜维曰："张将军所言极是，只是苦于除此之外别无良策，而此计凶险中尚存一线生机，不忍轻言放弃而已。"

众将皆涕泗交流，发誓为国尽忠。

于是，剑阁关遍竖降旗。

假降之后，钟会与姜维结为兄弟，并让姜维依旧领兵，众将暗暗高兴。不久邓艾被擒，解往长安，众将更加高兴。然而数日以来，唯闻姜维与钟会深藏军帐之中，不见行动，众将心中着急，进而怀疑姜维所言假降，只是为了欺骗自己。

廖化屡屡求见姜维，姜维不允。

一日，廖化撞入姜维军帐，姜维面带喜色。

廖化曰："国破家亡，何来喜悦？"

姜维曰："你我既已弃暗从明，何必为故国之亡耿耿于怀。"

廖化大惊："莫非忘了当日之约？"

姜维大怒："你我弃暗投明，哪来当日之约？"

廖化大骂："我等本欲誓死报国，你却出此奸计陷我等于不仁不义之中，我恨不能剥你皮食你肉！"

姜维怒容满面，拔剑出鞘："再敢胡言乱语，取你项上狗头。"

廖化亦拔剑。

四目相对，虎视眈眈，形势危急，一触即发。

姜维大吼一声，身边之人一拥而上将廖化乱棒打出。

廖化从此闭门不出，托病不起，悲愤异常，郁郁而终。

蜀汉旧将闻姜维之变，亦纷纷反目，逃亡甚多。

姜维心如火烧。

一夜，姜维正静坐苦思，忽见武侯坐于四轮车上，怒气冲冲，从天而降，姜维慌忙跪拜。

武侯曰："我待你不薄，何故负我？"姜维曰："何曾负你？"武侯曰："不战则降，岂非负我？"姜维曰："逼于形势，假降而已。"武侯曰："既是假降，何故痛打廖化？"姜维曰："掩钟会耳目而已。"武侯曰："汝之计谋，我岂不知？可惜知汝者太少了！"

姜维大恸，泪如泉涌。

曰："形势危机，众将反目，势单力孤，如何是好？"

武侯曰："宜急不宜缓，缓更生变。"

姜维曰："望武侯明示。"

武侯曰："天机不可泄露。"

姜维更欲多问，却见武侯驱车飘飘而去。姜维大叫，桌上宝剑"咣

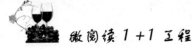

当"落地,猛然警觉,忆方才之事,不知是梦还是武侯显圣。

忽闻帐外有人求见,原来是几日前派出的心腹探子。探子报知:司马昭派贾充提三万军队直奔斜谷而来,司马昭更提大军坐镇长安,以观事态发展。

姜维仰天长叹。思如今之势正合武侯之言,感慨万千;想光复之梦已成镜花水月,心中茫然。拔剑而出,剑气凛凛;握紧宝剑,狂舞成风。剑气顿时化作白雾,在昏暗军帐内弥漫。人剑合一恰似秋风蝴蝶凄凉共舞,又似带霜枯叶萧萧飘落。

是夜姜维辗转反侧,无法入睡,心烦意乱,犹豫不决。邓艾部下,已被收擒,除掉他们,进而杀掉邓艾,并非难事。然而这样做除了徒增杀戮并表白自己外,还有什么作用呢?然而不这样做又靠什么来消除世人的误解?靠什么来表白自己对蜀汉的赤胆忠心呢?

杀戮魏将才能表白忠心,放下屠刀就要背负骂名。何去何从,心如刀割;反复想来,愁肠百结。忽觉心疼异常,口吐数升鲜血。

第二日姜维催钟会速斩收擒之将,以免生变,钟会应允。姜维正欲行动,忽闻宫门外杀声震天,知形势已绝无挽回之可能,又不忍大开杀戒以表忠心,只能痛伤命运之悲,深哀国家之亡,肝肠寸断,心如刀绞,狂吼数声,口喷鲜血。遂挥剑自刎,时年 59 岁。

 # 女 儿 兰

梅婧在澳洲留学已经三年了，年年夏天，梅婧都回来，今年母亲悠然怕女儿旅途辛苦，不让她回来。梅婧就坚持让父母去一趟澳洲，还说除了看自己，顺便旅游一下。梅婧父亲是一个大公司的总经理，根本没法脱身，能去的，当然只有母亲悠然。

悠然刚下飞机，立即被一种扑面而来的清新气息包围了，她简直忘记了旅途的疲乏，兴致勃勃地边走边望。"这有什么好看的！其实各地城市都是大同小异的！澳洲的真正特色在野外，等你休息几天，我陪你到野外看看！"梅婧说。

等几天，谁等得及！第二天，悠然就和女儿去了野外。草原逶迤起伏，绵羊成群结队，丘陵连绵到淡蓝色的天际。悠然觉得越走脚步越轻。忽然，草地中间冒出一片美丽无比的花。那是多么令人惊心动魄的花呀！碧绿的叶子，黄绿色的花茎，淡红色的花朵，简直太美了！

悠然蹲下身子，仔细欣赏着。"这是一种兰花，在国内没有这么美的兰花吧！"梅婧说。

"对呀！国内的兰花我见过几百种，从没见过这么漂亮的！"悠然正说着，一只大黄蜂飞了过来，悠然本能地向后躲避着。梅婧急忙告诉母亲这种黄蜂不伤人，所以可以继续欣赏。它围着兰花上下翻飞，过了好久才落到了花茎上，慢慢地向花朵爬去，最后钻进了花里，接着花朵就颤抖起来。

"兰花如此美丽！蜜蜂采的蜜也一定很好吃吧！"悠然说。

"是呀！可惜他不是采蜜的。"梅婧笑着说。

"不采蜜，那它在干什么？"悠然问道。

"据研究，黄蜂是被兰花的美丽吸引，误认为它是雌蜂呢！"梅婧笑嘻嘻地说。

"疯丫头！笑什么？"悠然直盯着女儿问。

"它是在里面与兰花进行交配呢！"梅婧边说边红了脸，"每到这种兰花开放的时节，很多雄蜂被兰花吸引，反倒没了兴趣与雌蜂交往。据说，正是因为有了这些雄蜂，兰花才生长得如此茂盛。"

"兰花茂盛了，黄蜂家族却完了！"悠然轻轻叹了口气。

"不！不对！兰花茂盛了，黄蜂家族也没有完。科学家对这个问题进行过深入研究，有趣的是，科学家发现雌黄蜂不需要雄蜂也能繁衍后代。据说大约有200种昆虫被兰花诱骗，令人惊奇的是其中90%多的雌性昆虫根本不需雄性就能繁衍后代，所以那些昆虫照样生活得好好的。从这个角度来说，在这个世界，似乎没有谁离不开谁，或者说，世界总会以某种方式对失去爱的人进行补偿。"梅婧慢慢解释说。

"死丫头！小小年纪怎么想这样的问题呢？"悠然直直地盯着女儿说。

"我本来也不愿想这个，是生活逼的。自从来到这里，我就被一个美洲小伙迷住了，后来我们幸福地恋爱了两年多，想不到今年他却爱上了一个英国姑娘。为此，我甚至连自杀的念头都有了。因为我一直认为离开他，我没法生活。可是我知道了舌兰花与雄蜂的故事后，就悟出了这个道理，于是我坚强地活了下来。实践证明，没有他，我照样能活得很好。现在是，将来更是！"说着，梅婧眼就红了。

悠然想不到女儿小小年纪竟会遭受如此打击，禁不住紧紧拥住了女儿："我苦命的孩子！你说得对！在这个世界上，没有谁离不开谁。"

与此同时，她觉得女儿一下长大了。不过，她似乎觉得女儿话中有话，难道女儿知道自己的事情了？

其实今年夏天她之所以不让女儿回家，是因为她跟丈夫离婚了，她害怕女儿接受不了。不过，她不知道，女儿其实早就知道了，她害怕母亲失去生活的信心，才故意让母亲出来散散心，还编了个自己失恋的故事。

离奇考卷

考场里非常安静。

大家都在焦急地等待着考官的到来。

今天考什么呢？蔡军的大脑紧张地运转着。

蔡军是一个大四学生。大四了，学校对上课要求已经不怎么严格了，他甚至干脆脱离学校，整天为找工作而奔忙，但是，找个理想的工作实在太难了，于是他天天奔走在希望与失望的边缘。

每次应聘失败，他都会总结失败的教训，然后充满信心地参加下一次应聘，可是等待他的往往还是失败，因为用人单位的考试方式早就变了，所以他越考越没有信心，为此，他甚至暗骂用人单位缺德。

再过10分钟就要考试了，今天考什么呢？不会考试已经结束了吧！他在进入考场前特别注意过，基本没有异常情况，除了在考场门口有一块小纸片。当时，他刚发现纸片就迅速扑了上去，想不到旁边的好几个人也同时扑去，于是几颗脑袋一下撞到了一起，现在他的头摸上去还隐隐作痛。不过最终还是他拿到了纸片，如果那就是考试，他今天肯定过关了。想到这里，蔡军不禁暗自高兴起来。

两位考官终于走了进来。他们强调了一下纪律就把试卷发了下来。大家都面面相觑，因为他们每人拿到的都是一张空白试卷。

为什么是白纸而不是写满考题的试卷呢？

一位年长的考官说："今天的考试很简单，就是每个人都写一份自我介绍。"

"我们不是早把自我介绍交给你们了吗？"一位考生禁不住问。

"对啊！大家的自我介绍都很好，我也很喜欢，只是不知道大家现在还能不能写得和原来的一样好？或者说，这次考试的标准答案就是你们已经交上来的自我介绍，谁能准确地写出来，谁就得满分。"

蔡军实在想不到会考这个，其实这个题目不能算是刁钻，但是对蔡军而言实在太难了，因为他的自我介绍是一年之前花了 300 元钱请人写的，拿到自我介绍后，他读了几遍，但仅仅是几遍而已，现在要叫他默写出来，那简直比登天还难。

蔡军抓耳挠腮，实在不知怎么办才好。他朝周围看了看，结果发现多数人也都在发呆。只有窗外的知了依旧在没完没了地欢快地叫着。

很快，考试就结束了，考官一边收试卷，一边意味深长地说："都说单位用人条件苛刻，但是你们怎么就不反思一下自己的问题呢！不就是让你们写个自我介绍吗？有这么难吗？我知道现在大学生懒惰，连自我介绍也得请人写，但是你就不能灵活一点，重新写一份吗？其实我们不管你原来的自我介绍怎么样，就看你现在写的质量如何。如果你基本交了白卷，那说明你平时比较懒惰或不够自信，遇事又缺乏变通不够灵活，那样，你凭什么在激烈的社会竞争中立稳脚跟呢？"

不用说，蔡军又失败了，虽然他对这份工作梦寐以求。这次失败对蔡军打击很大，考官的一番话对他的触动也很深。

通过这次，他悟出了一点道理，那就是用人单位的考试形式虽然千奇百怪，但最终目的都是看你有没有良好的素质。原来他虽然也做过很多努力，但那些所谓的努力，多数都是单纯为面试而应付，并没有从根本上提高自身素质。于是他重新回到了学校，认认真真地学习起专业知识来。半年之后，他终于顺利地找到了一份满意的工作。

超级复活

2040 年年底，以美国科学家查礼为首的科研群体终于做出了一个震惊世界的重大决定：首次对冷冻人体进行复活实验。

消息一公布，世界的目光全聚集到了美国。虽然当时科技水平大大提高，但疾病衰老等诸多问题依旧困扰着人类，如果实验成功，很多人就可以接受冷冻，等技术先进了再复活。有人甚至设想，一个健康人也可以对自己进行冷冻，从而使冷冻就像睡觉和冬眠那样平常，进而使人的生命无限制地延长。

查礼是人体复活研究的首席科学家，对这项技术，他已经研究了近60 年，他们进行了多项科技攻关，其中很重要的一条就是如何把冷冻人体从零下 196 度升高到人的正常体温，因为在解冻过程中，弄不好就会使人体细胞遭受破坏，而人体各种器官里的细胞成分和含水量都不一样，要确定一个适宜的解冻速度非常困难。

经过多次试验，他们终于研究出了激光同步分区加热技术，采用这项技术，可以使人体各个部位同时受热，而各个部位温度高低又可灵活掌握。这项技术他们已经在动物身上试过多次，但在人身上是否能行，他们谁也拿不准。

首个不锈钢罐从贮藏室里慢慢升上来了，钢罐里有一个健壮的冷冻人体，冷冻前，他是足球运动员，之所以被冷冻，是因为患了一种特殊的神经瘤，这种病现在已经很容易治疗了，只需用激光做个手术，然后用纳米量级的分子机器人修复部分受损的神经细胞就行了。

解冻流程是由电脑控制着的，当不锈钢罐上升到预定位置后，一系列复杂的操作就自动开始了。

查礼目不转睛地盯着解冻进程，一滴滴汗水顺着他布满皱纹的老脸慢慢滑落。与查礼他们同时观看这个过程的还有数十亿网民和电视观众。

解冻、回输血液、激活心肺……

当这一切终于结束，人们紧张地等待着，好久、好久，那人终于像刚睡醒一样伸了个长长的懒腰……

一直鸦雀无声的观察室里顿时沸腾了，整个世界也跟着沸腾了！

接下来的一切非常顺利，那人做完手术，恢复得很快，经过多项检测，身体完全正常。

全世界人民都在热烈地谈论着这个话题……

很多人都打算对自己进行冰冻……

几天后，那人突然发烧、抽搐、内分泌失调、神经系统也紊乱了……这到底是什么原因呢？一个世界顶级的会诊群体迅速组织起来了，可他的症状实在太特殊、太复杂了，无论怎样治疗，病情依旧迅速恶化……

这可如何是好？他们想出了唯一的解决方法，那就是对他再次冰冻，等技术先进了再治疗，科学家们都希望他能同意，可是他却倔强地一再摇头，人们只能无限遗憾地看着他永远离开了世界。

科学家们希望这仅仅是特殊情况，于是又选了三个人进行复活，不过这次他们做得很秘密，想不到那些人复活后，也很快得了同样的病，科学家们只得对他们进行再次冷冻。

这到底是什么原因呢？如何解决这个问题呢？科学家们百思而不得其解。就在这时，查礼却顶不住了，他的癌症已经到了晚期。

作为对人体冷冻研究奉献了一生的首席科学家，只要他同意，就可享受免费冷冻。弥留之际，助手们问他是否同意，他指了指枕在脑后的遗嘱，助手准备提前看看，他却倔强地摇了摇头。

当查礼永远闭上了双眼，助手们快速打开他的遗嘱，发现里面只有两条内容，第一条是他不接受冷冻；第二条是复活者之所以很快都患了同样的疾病，也许是因为冷冻几十年后，人体原有免疫系统无法适应新环境，所以最好的解决办法是同时冷冻一块或大或小的生存空间，等被冷冻者复活后，同时激活那块空间，让他在里面生活。

如果最终没有办法让他出来，他也许只能像瓶子中的鱼一样，永远生活在那个封闭的空间里。

 # 姐　妹

一觉醒来，秋雁习惯性地去摸自己的脸，她感觉脸上的皮肤细腻光滑，仿佛回到了40年前。40年前，秋雁是村里最漂亮的姑娘之一，然而却没有敢公开追求她的人。这一方面是因为那时人们在爱情方面还不够大胆，另一方面是因为秋雁有个腿脚不灵便一直没找到媳妇的哥哥，父亲为续香火，想用她来给哥哥换媳妇。

40年的时光一晃而过，秋雁摸着如此光滑的皮肤精神不住地恍惚。她使劲按了一下脸，想让自己回到现实。可是她感觉仿佛按了个没蒸透的馒头，按下去，就再也弹不起来了。

她一下慌了神，急忙去摸窗台上的镜子。镜子里是一张严重浮肿的脸。

此前，秋雁因为身患风湿病，一直在吃药。前些天身上就有些浮肿，想不到今天肿得这么厉害。她想爬起来，可是浑身沉重而疼痛。看来，得去医院治疗了。

起床后，老伴陪她去了县第二人民医院。在医院打过两天的针后，秋雁感觉浮肿消退很多。这天下午，秋雁从病房中出来散步，来到楼梯口，忽然看见一个人扶着楼梯艰难地向下走。

妹妹！秋雁脱口而出。

秋雁的妹妹冬月比她小两岁，今年65岁了。两年前得了脑梗塞，住过一个多月的院后，勉强可以独立行走了。看来，现在病情又加重了。你哪天来的？秋雁急忙问。

冬月急忙一瘸一拐地从楼梯上下来，一把抱住秋雁，泪水刷刷地流淌。

原来，冬月脑梗塞又加重了，已经住院10多天了。秋雁问妹妹下去干什么，冬月说刚打完针，准备买点吃的。秋燕问为什么不叫别人下去，

冬月的眼泪再次涌了出来。原来，冬月住院这些日子一直没人陪护。

是呀，谁能来陪护她呢？冬月的老伴三年前就因肝病去世了。冬月有两个儿子，大儿子和他父亲一样也有肝病，平日一直卧床在家。小儿子在离家二百里外的一个县城当工人，因为收入很少，一直没法还清家中的债务。冬月住院后，都是他瞅时间来交钱。他不可能请假陪母亲，单位不允许，即便单位允许，冬月也不会允许，他是家中唯一能挣钱的人。

秋雁还想和妹妹多聊几句，忽然看见妹妹的双腿不住地打颤，于是急忙去扶妹妹。冬月急忙说："不要紧的！站久了，就这样。"

"你这个样子，怎么下去？还是我给你买吧！"秋雁急忙说。

"不用！不用！我能行！"说完，冬月一瘸一拐地下楼了。

回到病房，秋雁感觉心里又堵又闷，四十多年前的往事，再次浮上脑海。

当年父亲打算用她给哥哥换媳妇，在哥哥把换来的媳妇娶进家门时，她却逃走了。父亲找不到她，就又劝又逼地让冬月嫁给那个男人。冬月从结婚几乎没过一天好日子。男人一直身体不好，重活全部由冬月干。两个儿子先后出生并渐渐长大，生活似乎有了希望，可是大儿子偏偏身体也不好，如今接近 40 岁了，仍然没有找到对象。小儿子今年快 30 岁了，也没找到对象。

秋雁当时逃到了邻村的一位青年家，此前他们已经有恋爱关系，后来他们就生活在了一起，如今生活虽平淡，但比妹妹强多了。其实，那时妹妹也有自己的恋人，她本想等哥哥和姐姐办完婚事，就向父母说明自己的情况。妹妹为了哥哥，为了姐姐，也为了整个家庭，牺牲了自己一生的幸福。

第二天下午，秋雁的女儿琳儿来看她，秋雁把冬月的情况告诉了她，还告诉她冬月就住在楼上。琳儿急忙上去看，问护士，护士说没有这个人，于是又回来问母亲。秋雁猛然想起冬月每次住院都用自己的名字，于是让女儿再上去问问。这次护士知道了，不过说她已经出院了。琳儿转身离开时，听见护士在悄悄议论，真是个可怜人，没钱不说，从住院开始，竟没有一个人来陪她。

你小姨肯定是怕花钱才匆忙出院的。秋雁知道情况后说。

原来，因为家庭实在紧张，她为了省几十元钱，就一直没办合作医疗，她每次住院都用姐姐的名字，最后再借姐姐的合作医疗证办出院手续。想不到这次姐姐也住进了医院，这样，她就没法冒用姐姐的名字了，住院花的一万多元得全部自己承担了。

我怎么单单在这个时候生病呢！秋雁边说并用手拍打着病床，泪水瞬间就流了一脸。

热　茶

　　每个城市都会有钉子户，他们让有关部门一看到他，一想到他，就觉得头疼。县城边上的王家村就有这么一户人家，因为这户人家，使得多次征地计划泡汤。

　　第一次是在上世纪 80 年代，那时村里准备建一座塑料厂，本来前期工作很顺利，打算来投资的那位企业家，对初步规划的厂址非常满意，于是答应只要村里协调好征地问题，自己就可以投资建厂。对一个小村庄来说，能够有人来投资，实在是一件令人激动的事，当然也有人担心建厂会对村里造成污染，于是村民们在复杂的情绪中观望着事态的发展。

　　当村里开始征求需要搬迁的几户人家的意见时，多数人家没有激烈反对，顶多要求多补偿一些钱。只有一户人家坚决不同意，那就是老孙头。老孙头年轻时当过兵，在抗美援朝时立过两次二等功。不仅如此，在朝鲜战场上，老孙头还舍命救了排长的命，回国后，排长的官职一升再升，到 80 年代，已经是省里某个重要部门的领导了。几年前，领导来看过他，当时引起了很大的轰动，因为县里、市里的领导都一起过来了。从此，逢年过节，有关领导总会来看望老孙头，于是老孙头在村里渐渐成为非常有威望的人物。

　　别人还好说，老孙头这样的人实在难办，给钱，他不要。来硬的，村里的张书记又害怕他通过自己的关系反映到上级那里去，那样岂不是麻烦大了。张书记做过很长时间的工作，最后还是没做通。于是希望企业家重新选址，企业家也偏偏就看上了那个地方，如果换地方，自己就不干了。当然，企业家也有自己的理由，那就是现在这点小事都处理不好，以后麻烦事多了，既然这样，还不如干脆不在这里投资，于是这事就黄了。

　　第二次是在上世纪 90 年代中期，那时县城已经发展到王家村了，因此村里原来不怎么值钱的土地一下翻了好几番，这时外地有一个企业家看上了村里的优越位置，因此准备在这儿投资建一个大型的游乐场，偏偏老孙家的位置又在规划范围之中，于是张书记再次来到老孙头家里做工作，这次老孙头没怎么说话，而是指了指两口刚做好不久的棺材，棺材放在屋角靠墙的位置，外面罩着一层灰色的布。张书记看一眼，再看一眼，他想说话，可是实在不知怎么说才好。

原来呀，这里有个风俗，人年纪大了，以防万一，也是为了避免到时候过于忙碌，往往提前做好棺材。但是棺材做好放好之后，就再也不能挪动了，除非是棺材的主人死了。

你想让我搬家！你是不是看我老了，碍事了，想叫我快点死呀！看到张书记不说话，老孙头气愤地接着说，实话告诉你们，想叫我离开这个地方，除非我死了。老孙头的话掷地有声，句句都敲打在张书记的心头。张书记知道自己再也不可能作通老孙头的工作，于是非常郁闷地离开了老孙头家。不用说，因为老孙头的阻碍，再加上别的很多用户也不愿意搬迁，村里建游乐场的事也就泡汤了。

遭遇这两次事之后，曹书记一想到老孙头就觉得头疼。而因为老孙头的阻碍，村里的其他住户也效法老孙头，有时摆出老孙头说事，有时干脆找来老孙头帮忙，于是村里的多次征地计划都泡汤了。

今年，张书记接到上级的任务，因为县里要修路，老孙头等几户人家所在的位置正好在县里规划的市政道路主路上，这可是县里的重点工程，要是再做不通工作，那对县里的影响可就大了。

可是怎么跟老孙头说呢，前几次的碰壁经历让张书记感到很为难。这天，张书记在老孙头家门前转悠，老孙头挂着拐杖慢慢地走了出来。"过来吧！你是不是打算进来呀？我看你在门口转悠半天了！"老孙头敞开大门说。

从来没有受到这样的礼遇，张书记感到非常意外。来到老孙头家的屋里，老孙的老伴正在冲茶，接着一杯热腾腾的茶就放在了张书记的面前。张书记真是受宠若惊了。

"你是想来告诉我拆迁的事吧！这事我们想好了，我们没有任何意见，什么时候需要做什么，你说一声就行了，我们服从你和上级的安排！"老孙头一边喝茶一边说。

"您老人家想通了，我的工作就好做了！"张书记把那杯热茶捧在手

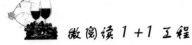

里，一股淡淡的香气慢慢弥漫开来，一股暖流也顺着茶杯传到他的心里。

　　"前几次，我以各种借口阻止了你征地，你是不是觉得我不可理喻呀！其实我是那样的人吗？说实话，前几次我不同意拆迁是不假，但是我的意见也是村里多数人家的意见，只是他们觉得自己说了也难起什么作用，才叫我出面当钉子罢了。我年纪大了，跟不上时代了，但是什么事危害百姓，贻害无穷，什么事造福百姓，功在千秋，还是能够分得开的！"老孙头喝着茶说。

　　张书记啜饮着热茶，内心五味杂陈，脸一阵阵发烧……

 # 失　手

　　肖佐和肖佑是一对朋友，他们长相差不多，恰似一对双胞胎。由于工作原因，也出于个人感情，他们几乎形影不离，说他们是铁哥们，那绝对没错。

　　肖佐与肖佑能力相当，一般情况下，他们相互配合，几乎没有办不成的事。

　　当然他们也各有特点。肖佐稍微懒惰一些，懒惰久了，就变得笨些。肖佑勤快一些，因为勤快，干事自然就多。干事多了，自然变得更加灵活。这样，领导让他干的事就更多了。肖佑受到了领导的器重，暗自高兴，他相信自己的付出不会白费。

　　这日，领导买来一件珍贵无比的饰品，这件饰品真是漂亮极了，肖佑一看到就不禁双眼放光，但那只是一瞬间的事，很快，他就表现得非常淡然了。就在这时，肖佐过来了，肖佑发现有那么一瞬间肖佐的双眼也放光了。不过，他也很快就表现得平淡不惊，于是他们一起把玩着这件既珍贵又漂亮的饰品。

　　领导说，我看得出来，你们都非常喜欢这件宝物，可惜只有一件，我真不知道该给谁好！

　　这时，肖佐迅速拿起饰品，一卜就戴在了肖佑的身上，还说，只有哥哥你才配这件宝物。

　　也许是太激动的原因吧，肖佑费了好大劲才把那件饰品从自己身上弄下来。弄下来后，他急忙给肖佐戴上，说，哪里的话，你戴才最合适！

　　肖佑一边说，一边后悔，明明是自己灵活，在这个节骨眼上，怎么表现得这么笨拙，反而叫肖佐占了上风。

　　肖佐少不了一番客套，只是肖佐似乎没有把饰品从自己身上弄下来的意思。

你们能这样友好相处，我就放心啦！其实呀，戴在谁的身上都是一样的，都是一家人吗？领导说。

肖佑本来认为领导会把这个饰品戴在自己身上的，领导这样决定，让他的内心多少有些不舒服。不过，肖佑也并不是心胸狭窄之人，他相信，领导这样决定，自有他的道理。

此后，领导也许为了保护那件珍贵无比的饰品，也许另有原因，反正领导安排肖佑干的活比以前更多了。肖佑认为领导很快就会给自己一个说法，可是很久以来，领导似乎没有这种打算。

多日之后，领导让肖佑与肖佐互相配合，完成一件难以完成的任务。为了更快地完成任务，他们必须使用一把锋利无比的刀。这把刀当然是握在肖佑手中的。他们密切配合，通力合作，终于就要完成任务了。就在这时，肖佑握着的刀忽然迅速地朝肖佐刺来。肖佐大惊，急忙躲闪，还是晚了，利刃已深深刺进肖佐的肉里。肖佐感到一阵疼痛，接着就看见鲜血喷涌而出。

肖佐一边痛苦地捂着伤口，一边死死地盯着肖佑。

作为兄弟，天天在一起，能没有矛盾，但是矛盾再多那也是兄弟呀！你好意思下这种狠手！肖佐说。

我不是故意的，我就是一时失手！肖佑急忙解释。

是呀！你不是故意的！你是否还记得这是你第几次失手了？肖佐说。

肖佑很不好意思摇了摇头。

我知道你肯定记不清的，说实话，我也记不清了，但有一点是肯定的，我的每一个伤疤都是你的杰作。我知道，迟早有一天，你会把我除掉……肖佑仔细看时，果见肖佐伤痕累累。

可是，我真不是故意的……

是呀！你真不是故意的。谁信？请问谁信？肖佐大声地喊道。

肖佑真不是故意的，我可以给肖佑作证。领导急忙出面调解。

我也知道大哥不是故意的，但是为了避免以后出现类似甚至更为严重的情况，我只提一个要求，下次，刀要拿在我的手中。

过了好久，肖佑才说，这得看领导的意思。

领导也沉默好久，你们是我的得力干将，你们不能有矛盾，你们要互相理解。至于刀吗？我还是觉得应该由肖佑来拿。

既然领导这样决定，我没有意见。但是，为了我自己的生命安全，只要肖佑拿着刀，我就不会跟他合作了。

这不行，你们不合作，怎么能干成事？肖佑不是心胸狭窄之人，他真不是故意的，这一点，你一定要相信。不然，你们以后就没法相处了。你知道，肖佑比你勤快，但是我把最好的饰品戴在了你身上，他不也没意见吗？领导说。

连刀子都使上了，还说没意见！肖佐说。

我确实没意见，我确实不是故意的！肖佑仰天长啸。

作为领导，看到他们闹成这样，我真不知道怎么办才好？但是肖佑确实不是故意的，我对肖佑很了解。

因为肖佑是我的右手，而肖佐是我的左手。那件戴在肖佐身上的饰品，你自然也就知道了，那是一枚珍贵的钻戒。

 # 村中那棵小白杨

很久以来，山后村都是远近闻名的长寿村。

上世纪 30 年代，村里虽然只有 500 多口人，但 90 岁以上的老人就有 30 多位，百岁老人也有不少。当时有一股土匪在村内暂住，有个小头目对村里能有这么多长寿老人感到奇怪，于是四处查看村子的情况，经过一段时间的研究，他终于发现了一个重大秘密。

原来，全村人都从一个山泉里弄水吃，泉水清凉无比，略有涩味，与一般水不同。山泉旁边有一棵不知生长了多少年的何首乌，绿油油的藤蔓几乎爬满了半个山后崖。他认为是这棵何首乌让村里人变得长寿。后来，在某一天晚上，人们在睡梦中忽然听到一声惊天动地的巨响。

第二天清晨，村里人到山泉边打水时，但见泉边乱石满地，狼藉一片，何首乌藤更是乱七八糟，人们清理好山泉后，发现山泉再也不向外冒泉水，何首乌的根更是不知去向。

也许是巧合，也许这就是村里人长寿的原因，反正村里的老人相继辞世后，年轻人的寿命就和别的村庄毫无差别了。

转眼就到了上世纪 90 年代，这个山村虽说交通不便，经济也不发达，但村里环境好，村里的中老年人很是以此为荣，青年人却不以为然，他们通过各种渠道知道了外面世界的精彩，于是纷纷走出了山村。走得近的，春节还回趟山村。走得远的，干脆连春节也不回来。虽说多数只是在城里租住房子，但他们觉得，在城里住得再差，也比在山村强。

陆陆续续有人回来是这几年的事，也许是在外面发了财的缘故吧，他们回来后多数非常低调，每当有人问起外面的情况，他们都遮遮掩掩，不愿多说。

很快，村里人知道，他们之所以低调，不是怕露富，而是害怕别人知道他们的病，原来他们多数是因为得了形形色色的病才不得不回到家乡。这可忙坏了村里的小医生，他天天背着药箱四处给人打针，并把他们的病

情转述给大家。渐渐的，他们的秘密已经不再是秘密，他们也不再怕人，于是街头巷尾增添了许多虽年龄不大却行动迟缓的假老头、假老太太。

有人说村里人之所以遭遇如此不幸，是因为村里的风水毁了。如果不想办法改变风水，将会有更大的灾难降临。

这天，村里从县城请来一位著名风水大师。风水大师围着村庄转了两圈，说整个村庄乾位过低，需要建一座高高的牌坊以弥补乾位的不足。接着，又在村中央的一棵藤萝附近停了下来。这棵藤萝已经生长了上千年，原来藤萝缠着在一棵古槐上，十多年前，古槐渐渐没了生机，前些年古槐枯死，藤萝却依旧紧紧地缠绕着它，每年依旧有稀疏的新芽绽放出无限生机。

风水大师捋了捋长长的胡须说，这一树一藤很不吉利。它们生长的地方正是全村地气聚结之处，它们的生长状况是村里人生存状况的反应。因为年代过于久远，早已没有活力，必须把它们连根挖掉，栽上一棵充满活力的小树。否则，村里得病的人会越来越多。

风水大师此言一出，村民立即纷纷议论起来，村长更直接和辈分最高的老厉吵了起来。原来前些日子，县城有个搞建筑也搞城市绿化的张老板打算出大价钱购买这棵古藤，村长打算卖掉，以老厉为首的村民却强烈反对。现在，村长找到证据了，肯定不会轻饶老厉。老厉自知理亏，也就不再言语，于是在众人的指指点点中，灰溜溜地回到家中。

几个月后，一辆小型挖掘机开进了山村，藤萝的多数枝蔓被锯掉后，整棵树被连根挖走。与此同时，一棵胳膊粗细的速生杨被栽进了树坑。不久，村子西北角的牌坊也开始动工。

我早就说过，我说一句，顶你说一万句，这次我不但帮你买下了古藤，还为你弄下了一项工程。现在，你总该信了吧？这晚，醉醺醺的风水大师从张老板手里接过一个厚厚的红包说。

信你，当然信你！不信你还会给你这么人的红包？跟我合作，你没有亏吃。我哪次给你的，不顶你跑十几个地方的收入！张老板拍着大师的肩膀说。

大师一边小鸡啄米般点着头，一边向迎面驶来的出租车招手，等出租车停稳，大师向张老板挥挥手，一弓腰坐进小车，绝尘而去。

转眼几个年头过去了，村头的漂亮牌坊已经褪尽了暂时的鲜亮，村民的生存状况虽说没有多大起色，却也没有遭遇更大不幸。倒是那棵速生杨，在村民的精心照看下，生长得十分茁壮，每一阵山风吹来，肥大的叶片，沙沙沙，迎风飘扬。

怕你的心受伤

近来，老厉比较窝火，因为自己工厂的院墙刚刷好没几天就被涂上了好几处广告。这些广告色彩斑驳，东一块，西一块，严重破坏了整个院墙的和谐。没有办法，他只得叫人把广告涂掉。可是没几天又被涂了好几处，他只得重新涂了一遍，并在院墙附近立了一块严禁涂写广告、违者罚款的牌子。

但是，照旧有人来涂。没几天，墙壁又被涂得惨不忍睹。他也曾试图抓住涂广告的人，可是派人守了几天，毫无所获。

老厉想，抓不到涂广告的，找做广告的单位总容易吧！于是就拨通了一家单位的电话。

那家单位说在哪里做广告与他们无关，他们只管给广告公司广告费。老厉问广告公司的情况，他们说这是秘密，不会告诉任何人，说完就把电话挂了。老厉又气又恼，当他拨通另一家单位的电话时，他们的回答如出一辙。老厉无可奈何地叹了一口气。

这天，老厉忽然接到一个电话，说他们是一家专做公益事业的群众机构，致力于城市的净化与美化，为减轻各种墙体广告造成的视觉污染，他们免费对单位外墙进行粉刷。

老厉半信半疑，但还是非常客气地答应了。他想好了，万一他们有什么物质方面的要求，自己会毫不犹豫地拒绝。

第二天，那家单位就来人了，一个瘦瘦的负责人拿出一份合同，请老厉签字。老厉仔细看了看合同，没有任何玄机，就毫不犹豫地签上了字。

他们的机器较先进，粉刷的速度也很快。当他们弄完后，那位负责人再次来到老厉办公室，先是敬烟，接着非常客气地询问对他们的工作有什么建议，老厉似笑非笑地说还算可以，老厉想他接着就要谈钱的事了，可是他只留下了一张名片，还说以后需要粉刷墙壁，可随时联系他们。

半个多月后，工厂的墙壁再次被涂得乱七八糟，老厉抱着试试看的态度打通了那家单位的电话，他们说最近很忙，半个月后才能过去。老厉想，半个月就半个月，反正比自己掏腰包强。半个月后，他们果然来了。

半年下来，他们已经为老厉粉刷过五六次墙壁了。眼看就要过春节了，老厉决定再叫他们粉刷一次，并好好感谢一下他们。

当那个瘦瘦的负责人找他签字时，老厉表达了自己的想法并询问他们单位的地址，那位负责人非常激动地说："我们公司是几个志同道合的朋友合办的，目前还没有固定办公地点。再说，我们从事的是纯粹的公益事业，不接受任何单位的酬谢！你能有这样的想法，我们就心满意足了。许多单位认为我们有不可告人的目的，为此，有几个合伙人甚至打算退出呢！"

等那人走了，老厉非常感慨，是呀！现在这样的事真不多见啊！他决定联系几个生意伙伴一起对他们感谢一下，也算是对他们的安慰。没费多大工夫，他就联系到了好几个单位。

这天，当他拨通同学张立电话并说明自己想法时，张立说："这事我是不会参加的！我本来也想感谢一下他们，可是刚刚听说他们和我县主要做墙壁广告的公司其实是一伙的，他们做的广告，等拿到广告费后，就在墙壁拥有者单位的同意下涂掉。这样，做广告的单位就会继续请他们做广告，而广告公司也有更多的墙壁可用。这事听起来不可思议，是真是假，我也拿不准。"

听张立这么一说，老厉心中五味杂陈。一番犹豫之后，他还是决定继续他的行动，因为他害怕冷了那些凤毛麟角般的善良的心，即便它们可能是虚假的。

知足的民工

学校门口有个劳务市场，每天有很多民工在那儿集散。为了寻找写作题材，我经常到那儿转转。一天，我突发奇想：找个民工，深入聊聊。也许一个民工就是一个故事。

我午休起来，去了劳务市场。市场上民工已经不多，三三两两地在马路边打盹。我两眼一扫，身边竟然一下冒出几十个民工，他们把我团团围住，你争我挤。我不好意思地说，只要一个人。大家争得更厉害了，我只好随便指了一个。

回到家中，我打开电视，泡上茶叶。他说，先干活。我说，其实没什么活，我只是想同你聊聊天，不过，工钱我照付。真的吗？他歪着头，笑着说，今天运气好，净碰好活。我问他，上午碰上什么好活了？他说，给一位老人洗了几件衣服，老人的子女都是大老板，嫌自己的母亲脏，其实就几件衣服，一会就洗好了，20 元钱轻松到手。老人特别喜欢同我聊天，又偷偷给了我 10 元钱，要我不时到她那里坐坐。

他盯着我，笑着说，除了聊天，还有别的事吧，单纯聊天还用顾人？我说，我想写一篇反映民工生活的文章，但对民工生活不太了解。他笑着说，原来是这么回事啊，你早说，我不就不纳闷了。你想了解哪方面的情况？我说，你就说一下自己吧。

他说，自己读过一些写民工的文章，很多作家把民工写得太苦，其实并非如此。譬如说"劳累"吧，我们干的活，你们偶尔干一天，肯定受不了，可是我们天天干，就不觉得累了。再譬如说"工钱拖欠"吧，对我们这些干劳务市场的而言，基本上不存在，因为都是当天、甚至半天就支钱，即便被骗了，还能骗多少。再说，天天干活，我们也学鬼了，倘若发现老板不像好人，我们就先要工钱，不给，就不干活。像你，一看就是实在人，肯定少不了我的钱。

再譬如说"收入"吧，我们的收入比很多正式工还高，像我，志愿兵转业后，被分到一家国营单位。那时，月工资只有五百多块，除去生活费，所剩无几，单位还经常集资。我干脆不干了，现在在一家制药厂干临时工，活是脏了点，可是不脏谁给钱啊！在那儿上班还有另一个好处：单位害怕有关部门查处，只在晚上开工。这倒方便了我，晚上去上班，白天干劳务市场，这样就有了两份收入，比原来强多了。我问，不困吗？他说，不困，晚上干的活轻，有时甚至偷打个盹都行。再说，也不是天天干劳务市场，隔三五天睡个饱觉，就行了。你找我了解民工的情况再合适不过了，因为我不但有阅历，还有很好的口才，我喝口水，就给你讲，你要记下来的话，准备纸和笔就行了。我快速从书房拿出笔和纸，他却歪在沙发上，打起了呼噜。

要不是怕耽误了他晚上的班，我真不忍心把他叫醒，我使劲晃了他好一会。忽然，他一扎煞，说，老板别打我，别扣我工钱，我就是一合眼，没睡着。

他揉着布满血丝的眼，呆呆地看了我好一会，不好意思地笑了。那时，已经7点多钟。他说，你看我，怎么睡着了？

给他钱，他怎么也不要。我说，你的故事一定精彩，再找到你，怕不那么巧，就算我提前付给你的吧。

第二天，我发现牛奶盒中有一沓厚厚的纸，上面认认真真地记录了一个民工的故事，最后还有一句附言：昨天下午，竟然睡着了，实在对不起。今天晚上，我抽空记下了我的故事，不知中用吗？

帮你找所好学校

"爸爸,在七中我实在受够了!我想到实验中学去借读。"闫伟扔下书包,一屁股坐到沙发上说。

"又要借读?你不是说这个学校不错吗?"闫涛既吃惊又生气。

"那是刚开始我对这个学校不了解!"闫伟振振有词。

"这所学校怎么不好了?"闫涛耐心地问。

"这所学校老师授课水平低,教学方法落后,考试和课外作业特别多……"闫伟说。

其实闫涛心里清楚,问题一定出在孩子身上,儿子今年上高一,不到一年时间,已经转过两次学。一开始他在三中上,三中是一所重点培养艺术生的学校,闫伟没有什么特长,一直要到别的学校借读,自己就托人把他转到了五中。到五中三个月后,儿子又以和同学闹了矛盾为由,再次提出转学。于是自己再次托人把他转到七中,想不到到七中才两个月,儿子再次要求到别的学校借读。

本来他想给孩子最好的发展条件,尤其在教育的问题上。现在看来,原来遇事不从孩子身上找问题的做法是绝对错误的。于是他灵机一动,就想出一条主意来。

"我托人尽快给办,但实验中学是一所很好的学校,不可能很快就能办成,怎么也得两三个月时间!我有一个条件,就是在转学前,你必须好好学习,不能违反纪律,在这几个月的月考中,你必须每个月至少升三个名次,否则我绝对不给你办借读。"

"两三个月,时间太长了!我连一天都受不了了!"闫伟说。

"你以为学校是我们自己办的吗?说去哪里就去哪里,别说两三个月,就是半年都办不好也是可能的!好了,不要讨价还价了,你给我记好了,办转学的这段时间里,你一定要好好学习,并且不能违反任何纪律，否则实验高中会认为你是因为违反纪律才办借读的。"

以后一个多月的时间里，闫伟多次问起转学的事，闫涛说自己一直在努力，并一再提示闫伟要好好学习。闫伟因为看到了希望，所以学习起来很有劲头，在一个月后的月考中，提高了5个名次。闫涛狠狠地表扬了儿子一顿，并且特地领着孩子到饭店吃了一顿。

吃饭过程中，闫涛非常关心地问儿子是怎样克服困难取得这么大的进步的，儿子笑着说："为了能够顺利转学，我把能想的办法都用上了！"

转眼又一个月过去了，转学的事依旧没有办好。在月末的考试中，闫伟又提高了5个名次。

当闫伟拿着成绩让父亲看时，闫涛非常高兴地说；"你想过没有，这两个月你取得了自上初中以来最大的进步，你能总结一下，你进步的原因吗？"

"我一直想，反正我就要转到我县最好的学校了，不管老师的要求多么不合理，我都严格按照老师的要求来，虽然我对现在的老师很有意见，我还是想给他们留下点好印象，当然了，最主要的，我想为新学校的生活开一个好头！"闫伟说。

"你能有这样的心理，我就放心了，因为实验高中分管教学的副校长在外面学习，只有等他回来，才能决定，所以我们还必须再等一段时间。"闫涛说。

"爸爸！借读的事您办得怎么样了？实在有困难的话，就算了吧！我不想转学，因为我现在基本适应这所学校的一切了！"这天，闫伟小心翼翼地说。

"真的吗？我的儿子真是太棒了！你知道吗？其实我根本没有给你办，我就是想通过这种方式，让你提高成绩并认识到自己的错误。通过这几个月你取得的进步来看，你完全能够在这样的学习环境中继续提高自己的成绩。其实生活中我们不能一味寻找借口，一味地埋怨周围的人和环境。在多数情况下，问题出在我们自己身上……"

儿子认真地点了点头。闫涛把儿子一下拥进了怀里，紧紧地。

童 真

一到冬天，上小学的女儿总是一遍遍地问我，什么时候下雪，因为下雪的话她就可以玩堆雪人打雪仗的游戏了。可是每个冬天的雪总是那么少，即便偶尔下点也小得可怜，星星点点的雪花往往还没落到地面就已经融化了。

这年冬天，终于盼来了一场像样的大雪，地上的雪足有30多公分。我刚把女儿从睡梦中叫醒，她就嚷嚷着下去玩，好不容易哄她吃过早饭，她便急切地投入了大雪的怀抱之中。

这天正好是周末。下午，我和妻子、岳母带着女儿到城里玩，一开始我的心情还不错，可是很快就高兴不起来了，因为女儿不停地要这要那，只要女儿开口，岳母便要付钱，妻子也争着付，而这些东西多数都是可买可不买的。我试图制止女儿，可她就是不听。

我悄悄对妻子和岳母说："这孩子欠教育，你们这样做也不对，既浪费钱，又会惯坏孩子，从现在开始，我来付钱！"

从我开始付钱，情况就好多了，不管女儿要什么，我都和她进行一番辩论，结果多数以我的胜利而告终。

这时，有个卖气球的年轻人从我们面前走过，女儿问一个气球多少钱，他说5角钱，女儿说她想买一个，我说："天这么冷，拿个气球多不方便，再说，你不是喜欢玩雪吗，拿着气球就没法玩雪了！"

女儿调皮地说："你不会替我拿着吗?"

我说："如果我帮你拿着，那你买它干什么?"

"我回家再玩啊！"

"家里还有好多气球啊！"

"家中的气球都不好玩了，我喜欢这个气球！"

"胡说！家中的气球和这些大同小异！"

"姥姥！姥姥！帮我买个气球好吗！"看到我实在不好说话，女儿就开始想别的办法。岳母刚要掏钱，我急忙制止了她。女儿"哇"的一声哭了起来。女儿从很小就会这招，当别人不能满足她的要求时，张口就哭，想不到现在还这样，我真想狠狠地教训她一顿。

岳母急忙哄她说："好孩子，别哭！别哭！姥姥给你买。"

我生气地说："不行，越哭越不买！今天我非改改她的坏毛病不可！"

妻子瞪了我一眼说："平日也没见你教育孩子，天这么冷，倒教育起孩子来了！"

我本想狠狠地教训一顿女儿，转念一想，那样弄得岳母脸上也不好看，就妥协了，但我要求女儿绝对不能再随便要别的东西。女儿答应了。

当我们走到商场门口时，女儿拽了拽我的衣角说："爸爸！那位老爷爷太可怜了，我想给他几角钱！"

"可是我没有零钱啊！"我不假思索地说。

"不对啊！刚才我们从这儿经过的时候，你也说没有零钱，可是您买完气球后没再买别的东西，所以一定有 5 角零钱！"女儿瞪着亮晶晶的小眼，直直地盯着我。

"是吗，我再找找看！"我感到自己的脸一阵阵发烧，想不到女儿买气球是为了找点零钱给那位老人啊！其实，我当时有 5 角钱，我用它买了气球，现在真的没有了。

我特别注意了一下那位老人。他佝偻着脊背跪在雪地上，破旧的棉袄露着灰黑色的棉絮，胡须如乱草般蓬乱，看上去有七十多岁。他颤抖着又黑又瘦的手，不停地向路人磕头行礼，但面前的破旧茶缸里只有很少一点零钱。

我想：要是在女儿向我要钱时，我能够认真看一眼那位老人，也许就不会那么随便地一再撒谎，可是我为什么连一眼都不看呢？

我翻遍了所有口袋，还是没能找到零钱，妻子看出了我的窘相，急忙拿出两元硬币给了女儿，与此同时，狠狠地瞪了我一眼说："我看你才欠教育呢！"

我羞愧无比，急忙去看女儿。还好，女儿应该不会听到她妈妈的话，因为这时她正拿着硬币，一蹦一跳地朝老人跑去……

最后的卖点

在省城古玩店中，老张的诚信斋生意忒好。店如其名，诚信斋价格公道，绝无假货。

诚信斋的对面是老李的古泉斋，古泉斋也曾红极一时，但不久就冷清下来。眼看就要关门，老李就请老张到省城最好的酒家"金都大酒店"喝酒。

老李说："兄弟我就要完蛋了，看在咱兄弟多年的份上，你怎么也得帮我一把！"

老张说："你那店不是挺红火吗？"

老李说："红火，那是原来的事了，自从卖了几件假货被顾客找上门来，生意就越来越清淡了。"

老张呷了一口酒说："是啊！生意要长久，非诚信不可。现在搞收藏的多，真正懂的人却很少，把货卖出去，并非难事，想赢得回头客，就难了。"

老李连连点头："那是！那是！我也不想卖假货，可假货买来了，不卖怎么办？"

"是啊，干我们这一行的，哪天不和假货打交道？不过真碰上假货，除了销毁或当玩具卖掉，还真没别的办法。所以进货一定得谨慎，最好到偏远村镇逛逛，没准有意想不到的收获。这可是我的独门绝招了，除了兄弟你，我对谁都保密。"老张三杯酒下肚，话明显多了。

老李说："原来你有这等高招！这么重要的机密都告诉我，让我怎么感谢你好呢？"

老张说："看事要全面，眼光要长远，有财大家发，才能同兴旺。有你在，我们的古玩一条街才能名副其实，否则，只剩我自己，形不成规模，自然就没了效益。"

老李说："想不到老兄看问题如此全面、如此深刻，老弟是自叹不如啊！"

老张猛喝一杯说："你这么说，就让为兄过意不去了。"

老李说："老兄海量，再来几杯吧！"

于是他们连干数杯。

很快，老张满面红紫，两手哆嗦，明显喝多了。

离开酒店时，老李不得不用力搀扶着老张。

老张说："本来，今天我要到清和县进货，听朋友说，那里一户人家有几件祖传的东西要出手。今天高兴，喝多了，去不成了，你抓紧去买下来吧，别让别人抢走了。"

老李想，这个老张，平日那么有城府，想不到还有这种弱点，几杯酒就轻松拿下了。

下午，老李急匆匆赶到老张告诉他的那个地方。老远，老李就发现一位衣衫褴褛的老人守着一堆古董，在寒风中瑟瑟发抖。老李想，这下发财了。老李没看古董，先问老人的生平。老人抽噎了好一阵，说，祖上做高官，自己却养了个不肖之子，赌钱输光了所有家产，如今老伴又病了，他不得不把家中流传了几百年的宝贝卖掉，真是家门不幸啊！

老李兴奋地看地上的东西，果然像好货。刚想谈价钱，猛然发现了一只精致无比的鼻烟壶，老李一把抓起来，翻来覆去看了许久，最后确认一定是自己托人卖给老张那只。

原来，半年前，为了刺探老张的经营策略。老李曾费尽心机把几件仿古程度极高的东西卖给了老张。从此老李派人盯住老张的店，想不到那几件东西竟然一件也没在诚信斋露面。老李迷惑了，这个老张！难道真舍得把那么多东西毁了？想不到这件东西竟然在这儿出现。

老李再也不敢掉以轻心，仔细鉴别，竟然发现所有的东西都是赝品。老李断定这位老人肯定是专门替老张卖赝品的。老李想不到老张竟然用这样的手段来迷惑人，更想不到老张会借着醉酒来迷惑自己。

老李断定：这才是诚信斋真正的经营秘诀。

意外的收获令老李兴奋不已，老李本想起身就走，转念一想，还是买几件东西吧，不然，老张会疑心的。于是一咬牙，把老人的多数东西都买了下了。

当晚，老张无比兴奋。心想，你这傻帽，等着死吧！

令老张想不到的是，老李的古泉斋竟奇迹般渐渐兴隆起来，甚至要赶超自己的诚信斋，老张想：邪了门了，这个傻帽，从何方高人手里学来了何等高招，竟然能够起死回生！

空城背后

且说司马懿领兵退回街亭，屏退众人，问两个儿子对今日之战有何感想。

次子司马昭曰："我早就怀疑诸葛亮无军，在我看来，从西城匆匆退兵，似乎不妥。何不先派三五千人入城探明虚实，倘有埋伏，再退兵不迟。"

司马懿默然不答，转头看长子司马师。

司马师曰："如派兵入城，必遭埋伏。我仔细观察过，诸葛亮坐于城楼之上，笑容可掬，毫无惧意，焚香操琴，琴声悠扬，一丝不乱。城门内外洒扫街道的百姓，见大军来而旁若无人，如不是早有准备，岂敢如此。"

司马懿叹曰："如此小小伎俩都识破不了，以后何以成就大事。"

司马兄弟茫然不解。

司马懿又道："西城绝无埋伏，诸葛亮身边也无将可用。"

兄弟俩同时惊倒。

问曰："何以见得？"

司马懿反问道："四门大开，意欲何为？"

"引我入城。"

"诸葛亮坐于城头，又欲何为？"

"诱我抓他。"

"扮作百姓的士兵见大军来却故作镇静，又能说明什么？"

"准备充分，毫不惧怕。"

"诸葛亮笑容可掬，操琴一丝不乱，又想显示了什么？"

"胸有成竹，临变不惊。"

"既然要骗我们入城，为何又要向我们显示早有准备。"

司马兄弟再次惊倒。

叹曰："天大的破绽！"

司马师问曰："诸葛亮一生用兵谨慎，今日何故如此？"

司马懿笑曰："我们轻取街亭，断其咽喉，其急于撤军，只顾分头准备，却没料到我们会直奔西城。以致如此狼狈。"

"父亲英明。"二人同时赞道。

"父亲既然识破真相，何不入城擒了诸葛亮？"司马师惊问。

"小声点儿，"司马懿低声道，"擒了诸葛亮，后果如何？"

"蜀兵将不堪一击，蜀国将唾手可得。"

"灭蜀以后呢？"

"鼎足之势不存，东吴自然无力与我抗衡，一统局面将重新形成。"

"既然飞鸟已尽，良弓还有何用？"

司马兄弟大悟，再次惊倒。

"曹睿乃心胸狭窄之人，对我们父子早已心怀疑忌，我们不得不防。先前我们本无过错，诸葛亮小施计谋，我们便被免职，起用我们，乃迫于诸葛亮的强大攻势而已，一旦危机解除，天下太平，我们岂不再遭暗算。"

父子三人感慨良久。

"既然如此，今后的仗怎么打？"

"徘徊在胜与不胜的边缘。不能败，也不能胜。败了曹睿不答应，胜了我们更加危险。"

"不能痛痛快快的将蜀兵一举击垮，真是遗憾。"

"欲成大事，不能逞一时之勇。"

"什么时候我们才能与诸葛亮一决雌雄？"

"诸葛亮根本不足为忧，其屡屡伐魏，本属逆天强为，更兼其夙兴夜寐，操劳过度，以致寝食难安，如此下去，岂能长久。我们的真正威胁在国内，国内问题解决了，其他问题自然会迎刃而解。"

"父亲深谋远虑，远非儿子能及。"兄弟二人同时赞道。

"你们没有长进，我的努力又有何用？"

二人点头称是。

父子三人研读兵法直至深夜。

"今日之战，后人将如何评价？"最后，司马师问曰。

司马懿叹曰："必对诸葛亮的聪明才智大书特书，却不知我们才是真正赢家。芸芸众生能看到的只是一场战斗的胜负罢了，又有几人能够洞悉政治军事斗争的复杂，看到胜负背后的真正赢家呢？"

猪也要减肥

厉林颤颤巍巍地把一大桶食倒进槽里，十几头猪便你争我抢地奔过来。猪们吃得很欢。

厉林家住城郊，多年来，一直靠种地为生。近几年土地多数都被开发了，失去最后一块土地后，便养起了猪。一开始养母猪，由于技术不行，再加上仔猪价格变化较大，总体亏多赚少。别人就建议他养肥猪，说肥猪好管理，价格也相对稳定。就养起了肥猪。

这是老厉养的第一批肥猪，按日期，几个月后就该出栏了，眼看生猪价格渐渐提高，他从心底里高兴。

"哎呀！你的猪怎么这么小呀！不会有病吧？"这天，老厉正喂猪，找他办事的老张说。

"胡说，猪精神着呢！"

"可是比我的小多了，你不信就去看看。"

看就看。看后，老厉吃惊不小，老张的猪确实大很多。再看别家的，也比自己的大。这是咋回事？老厉着了急。

老厉回家研究半天，也没研究出个所以然来。只得找兽医。村里王兽医过来时，猪们正在吃食，王兽医看见猪生龙活虎的样子，就说猪没毛病，说完就要走，老厉当然不让。等猪吃过食，老厉逼着王兽医认真检查。王兽医只得一项一项地查，忙活一下午，累出一身汗，还是那句话，猪没毛病。

送走王兽医，老厉又去找别的兽医，兽医接连来了好几个，都说猪没毛病。这下老厉可真犯愁了。

以前老厉没在意，现在注意了，天天看猪的长势，甚至特意称了几头猪的分量，半个多月过去后，再称，结果都没长，有几头甚至比原来轻了好几斤。

这天，老厉正犯愁，村里的高音喇叭忽然响了起来，原来市里的科技下乡队来了。老厉遇到了救星般，快速朝村委大院跑去。

"你这猪实在奇怪，我们从没见过这样的情况！"仔细检查一番后，市里的两位专家无可奈何地摇了摇头。

厉林的猪得了怪病，虽说活蹦乱跳，可是越来越小，就连市里的专家都治不了。这消息迅速在当地传播开来，于是很多人都来瞧怪猪。老厉家一下热闹起来，当然热闹的是别人，老厉愁得连哭都没个地方。

这天，老厉的侄子厉军回家办事，他在城里一家三星级酒店当经理。老厉愁眉不展地向侄子说了猪的情况，厉军拍着大腿说："坏了！也许是吃我们酒店剩菜弄的！"

听侄子这么一说，老厉眼睛顿时瞪得比铃铛还大："害猪事小，害人事大呀！这菜猪吃了都不行，人吃了那还了得！"

"大爷，你错了，猪吃不行，人吃就行了！"厉军哈哈大笑。

厉军笑过，眼珠一转，顿时来了主意，"好了，你别犯愁了，你以后只管继续到我那里拉剩菜喂猪，至于这些猪，我会用一般猪5倍甚至10倍的价格回收。"

"你必须告诉我实情，否则，你出100倍的价格，也不行！"老厉倔强地说。

"我们酒店近来推出了魔芋系列保健菜，这些菜有减肥防癌等作用，吃这些菜的多，剩下的也多，最后都被你拉来了，所以你的猪才越来越小！为宣传这些菜，我们投资不少，甚至还请了几个半拉子明星做广告，但很多人还是不相信菜的神奇功效，下一步我们不请明星了，请你的猪做广告。等我把保健菜宣传够了，再把这些猪杀了做菜，还能赚一把。不过，你现在还得保密，这猪影响力还不够大，我想办法再为猪造造声势。"厉军压低了声音说。

"城里人疯得找不着北，想不到猪也要跟着疯起来了！"厉军走后，老厉一边自言自语，一边点上一袋旱烟，也许抽急了，呛得他前仰后合，咳嗽了好一阵。

情不自禁想抓你

小偷，抓小偷呀！这天，雷利正在城市的大街上闲逛，忽然听到一个女子的尖叫声。顺着声音，雷利看到一个身穿花褂的长发男子朝自己的方向气喘吁吁地跑来。

大街上虽然人很多，但不管长发男子跑到哪里，哪里的人都快速躲闪。等小偷跑到雷利身边时，雷利一把拽住了小偷的胳膊。

小偷迅速转身，照着雷利的鼻子就是一拳。

雷利感到眼冒金星，鼻孔里有一股痒痒的发热的东西迅速流下，接着便瘫软在地上。雷利醒来时，发现自己斜靠在路边的一棵树上，小偷已不见了踪影，那个被偷的少女也不见了。

雷利感到头昏脑涨、鼻子疼痛难忍，于是艰难地爬了起来，朝医院走去。医生对雷利仔细检查一番后，告诉雷利鼻梁被打断了，至少要交3000 元才能住院。雷利是到这个城市打工的，虽说已经找到了工作，但一分钱还没挣到，只得给家中的父母打电话。

雷利在医院住了十几天才康复，前前后后总共花了 6000 多元。因为那个小偷一直没能抓到，所以这些费用只得雷利自己出。更要命的是因为长时间没到单位上班，原来的老板把他开除了。没有办法，他只得重新找工作。

小偷，抓小偷呀！这天雷利正四处转悠，忽然又听到一个女子的尖叫声。

顺着声音，雷利再次看到一个身穿花褂的长发男子朝自己的方向跑来。大街上虽然人很多，但不管长发男子跑到哪里，哪里的人都快速躲闪。

等小偷跑到雷利附近时，雷利一把拽住了小偷的胳膊。小偷刚一转身，雷利照着小偷的脸就是一拳。

雷利看到两股鲜红的东西顺着小偷白净的脸面快速流了下来，小偷也像一根煮熟的面条般软了下去。

警察很快就赶来了，因为受伤严重，小偷首先被送进了医院，经过一番检查后，医生说，小偷被打断了鼻梁，至少交3000元才能住院。

警察对雷利说，还愣着干什么，交钱呀！雷利说，这钱难道得我交？

警察说，你打的人，你不交谁交？我可是见义勇为呀！雷利反驳道。见义勇为是对的，但是不能伤人，你把小偷打伤了，不但要得给他交医疗费，还会因故意伤害他人身体而触犯刑法，所以你还要受到法律的追究。警察说。可是我不打他，他就打我呀？雷利反驳。

可是他压根就没有打你呀！警察说。

雷利当然没有钱，只得再次给家里打电话。这次他不但给小偷交了6000元治疗费，赔偿小偷3000元毁容费，并且还被拘留了15天。

从拘留所出来，雷利心里比吃了苍蝇还难受。因为这两次事件，雷利本来就很贫穷的家庭背上了更多的债务，父母再也不让他在外打工，而是让他老老实实地回家种地。那天，雷利背着有些空洞的行囊，失魂落魄地来到车站，忽然又听到一位女子的尖叫声：小偷，抓小偷呀！

接着雷利看到一个身穿花褂的长发男子朝自己的方向跑来。车站上虽然人很多，但不管长发男子跑到哪里，哪里的人都快速躲闪。雷利两眼冒火，气愤无比。

小偷离雷利越来越近了，雷利犹豫了……

然而等小偷跑到雷利跟前时，雷利还是不由自主地一把拽住了小偷的胳膊……

超级专家

是那次电视鉴宝节目让雷专家成了专家。

雷专家喜欢收藏。本来，他是带了古董到省台参加鉴宝节目的，但电视台原来准备请的某个专家碰巧有急事不能到场，电视台就临时找雷专家凑一下数。电视台让雷专家尽量少说话，想不到雷专家逮住这难得的机会侃侃而谈，表现得比几个真专家还像专家。

节目播出后，雷专家一下成为远近闻名的鉴宝专家，各地前来求他鉴宝的人络绎不绝。偏偏雷专家不太好意思拒绝人家，当然，更不好意思说自己根本不是什么专家，于是将错就错地为别人鉴起宝来。

"这样下去，实在不是办法，我看还不如干脆开一家鉴宝并收售古董的古玩店，这样，咱有收入，前来鉴宝的人也不至于不好意思！"这天，妻子提议。

雷专家觉得妻子的想法很有创意，于是立即付诸行动，半个月后，"老城古玩店"就风风火火地开张了。不用说，古玩店生意相当好，县城其他同类店铺几乎没了生意。

不仅如此，还经常有电视台来找他做鉴宝节目，雷专家当然来者不拒，因为他已尝到做节目的甜头了。由于不断做节目，雷专家的现场互动能力和语言表达水平也越来越高了，他的鉴宝节目幽默风趣，富有煽动性，很受观众欢迎。

雷专家仿佛成了真正的专家，他自己也时时处处以专家自居。

雷专家虽然水平不高，鉴宝却能十拿九稳，因为他坚持一个原则——除非有把握，从不说人家的东西是真品。也许雷专家抓住了这个时代的核心特点——这本来就是一个赝品时代吗！

这日，雷专家正在店中翻看一本收藏类书籍，一位面色白净的中年人悄无声息地来到店里，他拉开手提包，拿出一个黄釉瓷碗。瓷碗釉层薄厚不均，釉色浓淡不一。由于有多处剥釉之处，整个碗显得既粗糙又缺乏美感。

雷专家微微一笑，戴上手套，拿上放大镜，翻来覆去地研究起来。十多分钟后，雷专家滔滔不绝地评论开来。

雷专家讲得口若悬河，客人听得一脸茫然。最后，雷专家用非常通俗的话说："这个碗，是几乎一文不值的仿制品。"

来人并没有流露出雷专家想象中的失望之请，而是不慌不忙地从包内拿出一份鉴定书："这是中央电视台鉴宝节目的鉴定书，他们的专家说这是一个地道的唐代寿州瓷碗！"

雷专家知道中圈套了！

天虽然早已很凉了，但大颗大颗的汗珠还是立即从雷专家的额头滚落下来。

第二天，这段充满讽刺意味的视频就在网上迅速传播开来。此后，网上揭露雷专家是虚假专家的帖子更是铺天盖地，县城也到处贴满了揭露雷专家身份虚假的各种小报。

雷专家名声扫地，他的店铺也变得门可罗雀。

此后，先后有几个著名收藏家前来打听并打算收购那个瓷碗，但他们看过之后，纷纷摇头而去。

瓷碗持有者为了证明瓷碗是真品，再次进京请专门研究古瓷的权威专家鉴定。专家鉴定后说，这是明代造假者仿制的赝品，虽说能值几个钱，但是与真品不可同日而语。看来，要么那份鉴宝节目的鉴定书是假的，要么鉴宝节目的专家看走眼了！

消息传出后，雷专家再次名声大震。人们都说雷专家的水平比中央电视台的专家还高，从此再也没有人敢怀疑雷专家的水平和身份，于是雷专家成为名副其实的鉴宝专家。

最牛是山寨

　　理克特是美国的一位州长，当州长虽然收入不多，但是他还有几个不错的公司，所以经济非常宽裕，最近由于受到金融危机的影响，再加上管理跟不上，他的好几个公司纷纷破产了，于是手头一下紧张起来，他想利用业余时间赚些钱，可是由于美国法律非常严格，再加上州长的特殊身份，他一直没找到合适的赚钱门路，心中难免有些苦闷。

　　这天，他正在犯愁，他的妻子说："你做州长后，有好几个和你长得十分像的人都赚了不少钱，只要你肯放下架子，向他们学习一下赚钱的方法，肯定能比他们赚到更多的钱。"

　　妻子这么一说，理克特茅塞顿开，于是很快就把几个山寨州长召集到一起来。理克特说明了自己的意思之后，多数山寨州长都表示将毫不保留地把赚钱方法说出来。理克特十分高兴。于是他们一边喝酒，一边交流起赚钱方法来。

　　一个说他有比较高的表演能力，可是一直找不到赏识自己的导演，自从理克特当上州长，这种情况就改变了，自己片约不断，片酬暴涨。一个说他也是从事表演的，不过他的表演能力差，主要拍一些简单的广告，在这些广告中他只需做几个简单动作就行了，基本不用说话，但是他得到的报酬也很丰厚。第三个人也介绍了他的赚钱方法，那就是出席各种庆典活动，自己不用讲话，也不用表演，只要坐一会或者站一会就行了。

　　他们还介绍了一些其他赚钱方法，不过他们都说自从金融危机之后，收入越来越少了。不过理克特的思路还是打开了，于是沉重的心情渐渐轻松了起来。

　　这时，理克特发现有个十分粗壮的人始终一言不发，于是就问他是不是赚钱不多，那人说自己每年收入几百万。

"每年几百万，这么多！现在经济危机，收入应该少了吧！"理克特笑着说。

"我的收入不受金融危机影响，甚至越是金融危机我赚钱越多，不过我的方法你学不来，所以也就没有说的必要了！"那人说。

"我怎么会学不来呢？你能干的事，我一定干得了！"理克特有些生气。

"你的身体不行，也放不下架子来，再说，即便你能放下架子，也很少有人同你做生意。"那人很肯定地说。

"胡说！一个山寨州长有什么了不起，要不是托我的福，说不定你还是一个穷光蛋呢！今天你无论如何也得说出你的赚钱方法！"理克特拍着桌子说。

看到自己再也无法隐瞒，那人只得如实交代了："我在一家出气公司工作，说明白一点，我的职业就是通过挨揍来赚钱，自从发生金融危机，出气公司的生意特好，我生意更好，因为想揍州长的人太多了……"

防不胜防

这天，M 城最有实力的 4 个老总在一个十字路口相遇了，他们 4 个人关系挺好，平日里多有交往，然而全部聚在一起的机会实在很少，像这种纯属偶然的巧遇更是难得一见。

他们让司机把车停下，在路边聊起天来。4 辆高级轿车、4 个大名鼎鼎的老总，他们刚在路边一站就引来了不少目光，再加上他们几个人都长得很有特色，高矮胖瘦一组合，不用说话就是一台逗人的小品，很多过路人甚至专门停下来看到底发生了什么事。

化工厂的张总说："我们是什么人，怎么能像普通人一样站在路边聊天呢，总得找个地方放松放松才行！"其他几个老板纷纷赞成。

做装修生意的李总对娱乐城的王总说："天这么热，最适合游泳了，要不咱到你的游泳馆游一下泳！"

王总看了看周围的人小声说："那地方让别人去就罢了，咱可不能去，你知道游泳池里的水多长时间不换吗？实话告诉你们吧，开业一年多来我从来没彻底换过！"

张总拍着他的肩膀低声说："你这家伙够狠的，挖出你的心来看看，肯定是黑的！算了，那边有个新开张三天的茶楼，肯定没有像你这样的'陈汤'，我们还是到那里去喝茶吧！"

李总摇了摇头说："不行，绝对不能去！"

其他的几个老总纷纷询问原因，李总说："那座茶楼是我装修的，刚装修完就开业了，虽说用的都是绿色环保材料，但实际上各种污染照样非常严重，实话告诉你们，三个月之内绝对不能进去，否则容易得癌症，一年之内最好也别去，而我自己两年之内绝对不去那儿！"

王总说："你们这些黑心老板啊，装修的时候又用假冒伪劣产品了吧！你们这套鬼把戏我早就见识了，所以我从不轻易上当。我最近发现了一个绝好的去处，那里紧靠沭河，盖的是农家房、吃的是农家饭，用的原始物品，绝对没有装修造成的污染，到那里喝点青茶，炒个青菜，既健康又实惠！"

一直没开口的赵总说："你以为那里的食物真是没污染的农家菜吗？表面上看他们有自己的菜园和养殖基地，但实际上那是做样子的，他们的菜多数都是由我们公司提供的。至于菜的来源，那还用说，不就是从市场上买的普通青菜！"赵总此言一出，其他几个老总惊得说不出话来，因为他们也经常去那儿享受自然。

"算了，现在没有一个叫人放心的地方，我们就在这儿聊一会天吧！"李总说。

"坏了，我忘记了一件最重要的事情！"张总看了一下表，拍了拍脑袋说。

"什么事情？"其他三个老总吃惊地问。

"我们厂子在这个时候排放废气，我本来打算到城外去避一避的，怎么光顾着说话把这么重要的事情忘记了呢？"张总边说边往车上走。

其他的三个老总同时拽住他说："你可不要吓唬我们啊！空气中根本就没有你们厂子平时放出的那种臭味啊！"

"是啊，正是因为没有味道才更加防不胜防啊！吸进这种毒气危害那是一言难尽啊……"张总本来心脏就不好，再加上一紧张，结果还没说完就晕倒在地上。

其他几个老总大惊失色，他们仿佛商量好的一般同时说："对不起，张总，我们先走一步了，你放心，到车上我一定帮你打120！"说完就捂着鼻子狼狈不堪地朝自己的小车上跑去。

红包里的秘密

往年中秋前夕，单位都发红包。今年刚换了领导，红包到底还发不发，大家心里都很着急。

这天上午，志伟正在埋头工作，同办公室的张军兴冲冲地说终于发红包了，还说自己得了 1000 元，志伟问自己有没有，张军说，每人都有份，不过需要自己找老总领取。

志伟一边往老总办公室走，一边捉摸自己的红包能有多大。张军那兴高采烈的样子一直在他眼前晃动，他觉得那是张军在向自己示威。这些年志伟一直在和张军暗中较量，原来的领导比较器重张军，现在换领导了，自己虽说做了许多努力，但到底能不能起作用，他心里实在没底。

他颤抖着手轻轻推开老总办公室的门，还好，里面早已有好几个人了，他从老总手里接过红包，没敢抬头便匆匆离开了。他来到厕所，打开一看，竟然是 3000 元，整整是张军的三倍！看来自己的努力起作用了，他心里那个激动劲就别提了。

论说红包是个人的秘密，不能随便说出去，尤其是自己的红包比别人的大的时候更是如此，可是得了这么大的红包不显摆一下怎么行呢？不显摆一下别人怎么知道老总器重自己呢？志伟思来想去还是决定告诉张军。

志伟来到办公室，拍了拍张军的肩膀说："老兄，我知道你又没说实话，你的红包一定不仅 1000 元！"张军说："这么说，你的红包一定比我的大吧！"志伟平淡地说："也大不了多少，才 3000 元！"张军"腾"地从座位上跳起来说："3000 元！你太牛了！无论如何你得请客！"同事们听说志伟得了这么大的红包也都非常吃惊，也都嚷嚷着让他请客，志伟当然爽快地答应了！

那天中午，他把一个办公室的同事和本单位几个最要好的朋友请到了全城最好的酒店尽情地吃了一顿，喝酒的时候大家都说自己的红包只有1000元，志伟就更高兴了，不停地和大家干杯。

下午，志伟满面红光地来到单位，可是不知为什么别人看他的眼神有些不对劲，甚至还有些人在窃窃私语。嫉妒！一定是嫉妒！他们的红包一定没我的大，志伟心里想。

当他走到宣传栏前时，看见许多人围在那里看一张告示，志伟刚刚走过去，周围的人就一下散了。

志伟走上前去，仔细一看，原来告示是以老总的口气写的，告示的大意是自己刚到单位，对员工的工作情况不太了解，再加上今年市场竞争尤为激烈，更需要大家同舟共济，所以今年中秋节红包平均发放，每人1000元。告示最后还有一个特别说明，自从调到这个单位，就有很多人以各种形式给他送礼，一般人都被他拒之门外了，特殊情况的他都把礼物折合成钱，以红包的形式发给了大家，今后，任何人不准以任何形式给他送礼。

志伟看着告示，感觉自己的血一阵阵往头上涌，前些日子他想尽办法才好不容易把1500多元的礼品送到了老总家中，想不到老总竟然如此清正，要是自己不把红包的事说出去也就罢了，可是自己不但说了，而且还请了客，这让自己以后如何在单位混啊？

他越想越难堪，再加上酒劲也上来了，只得努力扶着墙壁才勉强能够站住。这时，不知谁从后面轻轻拍了一下他的肩膀，他明明感到那人拍得挺温柔，可是双腿愣是支撑不住。他在心里一遍遍地默念：撑住，一定要撑住，但整个身体还是极不争气地像根煮熟了的面条般软了下去……

巧治失眠

当上主任不久，魏青就开始失眠了。为了治疗失眠，他和妻子小文求过很多名医，试过多种方法，然而总是不见效果。每当魏青辗转反侧彻夜难眠时，小文同样辗转反侧，她渴望尽快找到治疗丈夫失眠的方法。

这天，魏青的同事王皖来玩，当他们谈到失眠问题时，王皖说他也曾失眠过，不过最近好多了，小文急忙询问他的治疗办法，王皖说自己是通过足疗来治的，于是小文也决定让丈夫试试。

当天下午，王皖就带魏青去做了足疗，那晚魏青果然很快就睡着了。以后几天，魏青天天做足疗，自然也能很快入睡。这晚，魏青又要出去作足疗，妻子摁住他，说要给他一个惊喜，还让他闭上眼睛，接着就把他推进了家里的健身房。

魏青睁眼一看，健身房的角落里多了个丑陋的家伙，魏青问这是什么东西，妻子说这是心满意足牌足疗机，专门做足疗，还说它的治疗效果比真人按摩还强。

魏青很生气地说："又被电视购物忽悠了吧！我说过，电视购物不能信，你怎么就是不听呢！"小文振振有词地说："你没试过，怎么知道不行呢？"魏青只得气呼呼地把双脚放进了足疗机。还真让魏青说中了，足疗机的效果真是不怎么样，因为，那晚魏青又失眠了。

小文让魏青坚持使用足疗机，魏青虽然很不乐意，但也没有办法。几天后的一个下午，魏青打电话告诉妻子说自己要在外面做足疗，小文让他立即回来，还说有非常重要的事要告诉他。

魏青一回家就很不高兴地问小文有什么事，小文笑着说："你知道我这些日子在外面忙什么吗？"魏青摇了摇头，小文说："我在外面学做足疗了，培训我的老师说我的手法已经很专业了，我今天就为你做一下，好吗？"

听妻子这么一说，魏青紧紧地抱着小文说，你对我太好了，说完就给了小文一个热吻，那晚，小文一边为丈夫按摩，一边不停地问丈夫感觉怎样，魏青连连说好。

"你说实话吗！要是不舒服，我再调整一下力度啊！"小文说。"感觉是挺好，不过，不知道能不能治疗失眠?"魏青说。很不幸的是，那晚魏青又失眠了。以后几晚，小文继续为丈夫按摩，可是魏青却一直失眠，没有办法，魏青只得继续出去做足疗。

这几天，小文回家很晚，一开始魏青没注意，这晚将近12点，小文才疲惫不堪地回到家里，魏青生气地问妻子干什么去了，小文说："我忘了告诉你，我已经在无间道足疗城上班了，今晚客人特多，所以忙到现在，以后你就不用等我了，对啊！你到那里做足疗，我怎么没见到你啊！"

"那种地方你能去吗?"魏青暴跳如雷。

"不就是给人做足疗吗！有什么不能去的?"小文直直地盯着丈夫问。

魏青这才意识到自己的话透露了某些不该透露的信息。不用说，魏青再也不好意思去做足疗，小文也不可能继续去上班了。从此，魏青的失眠症竟慢慢好了。

这天，王皖的妻子晓君来找小文玩，问起魏青的病情，小文说完全好了，晓君说王皖也好了，小文和晓君笑得抱成一团："我们真是神医啊！这么难治的失眠，我们打几晚上麻将就OK了!"

最好的州长

近来，巴特为竞选美国州长忙得焦头烂额。

巴特自我感觉执政能力很强，当个州长是轻而易举的事。可是他的竞争对手都不是等闲之辈，他们不但有能力，而且有高大帅气的外表。巴特就不行了，他不但说话结巴，而且形象一般，个子特矮。单从外表来说，他与其他竞选人简直不可同日而语。

虽说选民们不可能只看外表，但外表的魅力，毕竟是选民，尤其是女性选民，是不可能不考虑的事。巴特觉得所有女性选民都不会支持他，为此，他很苦闷。

不过，巴特是那种意志坚强的人，不到最后，他是不会认输的。他深知自己的劣势，要想赢得大家的支持，就必须拿出实实在在的东西来。为此，他在智囊团的策划下，把自己的竞选纲领设计得完美无缺，并承诺给市民诸多好处。他还拟定了一套切实可行的复苏本地经济的计划，并承诺只要当上州长，他会立即付诸行动，以便使市民尽快从经济危机的阴影中走出来。毕竟是哈佛大学经济学博士，在这方面，他有绝对优势。

功夫不负有心人，经过几个月努力，巴特最终还是成功了，并且他是以绝对优势获胜的。他想不到选民会这样支持他，他真是太激动了！为了表示对选民的感谢，他特意举行了一场晚宴，并邀请了很多社会名流。

晚宴开始前，巴特做了十分钟的演讲，演讲的核心内容是他不会让选民失望的，他有信心、也有能力干好州长。接着热闹非凡的晚宴就开始了。在晚宴上，巴特和妻子不停地向大家敬酒。他们走到哪里，哪里就立即传来一阵欢呼。

那晚，巴特一直处于兴奋之中，不过有个问题一直困扰着他，那就是大家似乎都在悄悄议论着什么。他虽然没听到具体内容，但是他知道，那些议论肯定是冲着他的。随着议论的人越来越多，巴特格外注意起来。终于，他听到了。原来他们在说：巴特比历任州长都强，有这样的州长，我们绝对能扬眉吐气！

说这样的话，有什么好怕人的？巴特感到莫名其妙。无论如何，这句话给了巴特更大的鼓舞，他神气地挺着身子，谦恭地朝大家微笑着。

晚宴结束，回到家中，巴特意犹未尽："看来选民的眼睛是雪亮的，他们注重的是真才实学，而不是帅气的外表。实事求是地说，我的形象与他们没法比，可是我有优势，那就是实实在在的真本事。但是要叫选民一点都不受形象的影响，实在是太难了，不过，这从客观上说我的能力比他们强很多很多。"

"别说了！太丢人现眼了，我们的丑出大了！早知道这样，我就不该同意你举行这场晚宴，更不该和你一起去！"巴特漂亮的妻子气呼呼地脱掉外套说。

巴特不解地看着妻子说："你一定弄错了！因为他们都偷偷议论，说我比历任州长都强，还说有我这样的州长，绝对能扬眉吐气！"

"对呀！他们确实都在这样说，我正是为这句话生气呀！"妻子气呼呼地说。

"这有什么好生气的？这不是在赞扬我吗？"巴特不解地问。

"这哪里是赞扬呀！你知道他们这样说的真正意思吗？"巴特妻子愁眉不展地说。

巴特茫然地摇了摇头。

巴特妻子说："我早就听到他们这么议论，可是一直不知道这句话的真正意思，是我上厕所时才无意间听到的。他们这样评价你，那是因为上几届州长都非常高大，州长和来宾，尤其是个子不高的国外来宾握手时，看上去仿佛是给人鞠躬，让大家觉得很丢面子。他们说你能让他们扬眉吐气，那是因为你长得特矮，到时也让别人向你鞠鞠躬，他们也好平衡一下心态。据说，这才是人们选你的主要原因呀！"

今非昔比

　　且说唐僧师徒取经途中，屡被妖怪所困，行程格外艰难。一日，行经一山高林密之处，唐僧忽觉饥渴难耐，就命悟空去化些斋饭。悟空让二位师弟好生看护师父，就翻个跟头化斋去了。

　　悟空化得斋饭回来，却不见了师父等人。四处寻找，只见林间有一山洞，定眼一看，有股妖气隐隐透出。正欲入内，洞门自开，一位如花似玉的女子轻移莲步缓缓而出。

　　"妖怪，可曾见过我师父？"悟空问道。

　　"不但见过，还吃了呢！"女子笑盈盈地说。悟空大吼一声，举起金箍棒就打。女子既不躲闪，也不还手。悟空抡到半空的金箍棒又放了下来。

　　"大胆妖怪，何不还手？"

　　"你自会停手，我何需还手。"

　　"我不停手呢？"

　　"你不是停了吗？"

　　"少废话，快快如实招来，你是何方妖怪？"悟空大声吼道。女子笑不可抑。

　　"为何而笑？"

　　"笑你不自量力。"

　　"五百年前，本人天宫都闹了，还怕你个无名妖怪？"

　　"现在不是五百年前了，时代变了，你也变了。一路上你们遇到的妖怪不计其数，你可曾打死几个？"

　　"没几个。"悟空挠挠腮帮，不好意思地说。

　　"为什么呢？"

　　"地上的妖怪都有天上的靠山，妖怪遇难时都有神仙出来搭救，所以我老孙纵有大闹天宫的本事，也无能为力。"

"算你聪明！可是与我相比，那些妖怪不是胆量不够大，就是后台不够硬，前怕狼后怕虎，以致错失良机。我就不同了，略施小计，把你骗走，就把你师父和师弟们吞进了肚里。"女子摆着杨柳细腰说。

悟空火冒三丈，大吼一声，举起金箍棒就打。女子依旧笑盈盈的，既不躲闪，也不还手。悟空抢到半空的金箍棒再次放了下来。

悟空道："你到底是何方妖怪，有何来头，如此胆大妄为？"女子向悟空抛个媚眼："来头小我敢吃你师父，还是不说为好，说出来怕吓死你。"

悟空道："你就是玉帝下凡，我也要斗你一斗。"

女子笑道："实话告诉你，我是你师父牙中的虫子。天天听你师父念经，渐渐修炼成仙，对外面的世界我了解不多，但对你们师徒之间的事，我可是一清二楚。"

悟空道："哼哼！一条小虫子，能有什么本事？"

女子笑道："别的我不会，我只会念紧箍咒，你以为你师父天天在念经吗？他是在默念紧箍咒，你师父说'有了紧箍咒，什么都不怕，没了紧箍咒，什么都白搭。'所以我就偷偷学会了，不信你就打我一下试试。"

提起紧箍咒，悟空不禁吓得直打哆嗦，就想：既然师父已经被它吃了，打死它也于事无补，还不如妥协算了。于是说："以后我们井水不犯河水，好吗？"

女子笑道："好！好！好！"

悟空转身就走，女子笑得瘫倒在地。

悟空道："大胆妖怪，又为何而笑？"

女子笑道："笑你个孙悟空，大宫都闹了，却败在了我的手里。"

悟空道："猴可杀而不可辱，我打死你个妖怪！"

女子笑道："孙爷爷饶命。我根本就不是你师父牙中的虫子，我是这山上的一只小狐狸，既没有本事，也没有背景，不过我从来不干坏事，只是偶尔与人开开玩笑，我见你师父饥渴难耐，就把他们请进了洞中，现在他们正在吃喝呢！你也快进去吧，晚了，饭菜恐怕就凉了。刚才同你开个玩笑，你可别在意！"

悟空闻听，火冒三丈，大吼一声："大胆妖怪，竟敢耍你孙爷爷！"于是举起金箍棒就打。女子依旧笑盈盈的，既不躲闪，也不还手。但是

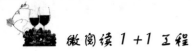

这次悟空的金箍棒却没有停下来，于是小狐狸瞬间毙命。

悟空走进洞里，见师父等人确实在大吃二喝。八戒边吃边问："猴哥，可曾见过漂亮的女施主?"悟空道："还不快走，这是妖洞，妖怪已经被我打死了。"

师徒四人跑出山洞，只见洞口躺着一只漂亮的火狐。一丝鲜血顺着山石蜿蜒流下，宛如红色丝带随风飘扬。

唐僧说："多亏了悟空，都像你们两个，我不早被妖怪吃了!"于是师徒四人重新上路。

你敢看着我吗

"先生，帮我预测一下工作情况吧！"大学城附近的路边上，一位鹤发童颜的算命先生面前坐着一个衣着亮丽的女大学生。

算命先生须发斑白，精神矍铄，骨子里透出一股逼人的英气。女大学生虽然十分漂亮，但眉宇间充满了迷茫，言谈举止间流露出一种疲惫与忧伤。

"找工作并不困难，前提是先把自己的事做好。譬如你现在就不够自信，这样，即便你有超人的能力，也很难找到工作。"算命先生说。

"您说得太对了！本来，我是非常有信心的，是一次次的失败把我弄成这样。您认为我还有什么问题？"

算命先生直直地盯着女大学生看了好一会，直盯得她把眼神飘向路边来来往往的同样有些迷茫的大学生身上。"你的眼神不对，你要勇敢地看着我。因为负责招聘的多数都是男子，如果你连面对他们的勇气都没有，你就无法展示你的能力。"

女大学生觉得算命先生说得在理，就要求他为自己测算运势，算命先生欣然答应，摇头晃脑地说起来。

"我怎么知道您算得准不准呢？或者说，即便您是在蒙我，我也不知道啊！"大学生有些怀疑地说。

"你看我是那样的人吗？我一个年过半百的人怎么好意思骗你！"算命先生辩解道。

"谁会承认自己是骗子呢！这样吧，你如果能够算出我找你算命的真实目的，我就饶了你，否则，我不但不给你钱，还要向你讨个说法！"大学生半嗔半笑地说。

"算了！算了！不要你钱了，还不行吗？"算命先生草草收拾一下东西，站起来，撒腿就跑。

看见那位女子并没有追赶，算命先生跑出一段路后稍稍松了一口气，他刚准备歇息一会，旁边一个男子一把抓住了他。

原来，那个男子和刚才那个女大学生都是城管。现在大学生难就业，难免病急乱投医，纷纷找人算命，于是，大学城附近一下冒出许多算命先生来，城管也曾进行过多次清理，但他们很快就会卷土重来，于是，只能用这种方式进行更深入的整治。

来到城管局，算命先生低着头，一句话也不说。城管们正在纳闷，忽然发现他的胡须掉下一半来，不用说，他的白发也是假的，看来他真是骗子，于是就盘问起他的情况来。

算命先生只得如实交代了，原来他是个大学生，毕业后始终没找到工作，而他母亲最近又得了偏瘫，一直在外打工的父亲只得回家照顾母亲，这样，家中唯一的经济来源也断了。他为了挣钱给母亲治病才不得不做起了算命先生。

"其实，我并没有骗人，我是学古代文化的，对《周易》做过深入研究，还有上百次找工作的经历，让我指导大学生就业，比普通的算命先生强多了。"他最后说。

听完他的诉说，城管们一时不知怎么办才好，过了好一会，那位女城管说："你能猜出我的学历吗？"

"你能有什么学历！"算命先生非常不屑地说。

"我是名牌大学的研究生！你别不信，我可以给你看我的学历证书。"那位女城管说，"你要勇敢地看着我！毕业后，为了找工作，我走过很多弯路，后来我终于明白，现在的就业形势下，想找到工作，除了提高自身素质，还要转变就业思想，那就是脚踏实地、从最基层干起……"

虽然女城管一边分析，一边不停地让算命先生勇敢地看着自己，但他还是惭愧地低下了头。

猜不透的谜

卢佑志是一家大型商场的经理，作为一位韩国商人，他非常痴迷中国传统文化。工作空闲，他经常拿一本宋词，一边摇头晃脑地诵读，一边慢慢体会词的意境。读着读着，他会不知不觉沉入其中。

这天，他正在摇头晃脑地读欧阳修的《元夕》，"去年元夜时，花市灯如昼。月上柳梢头，人约黄昏后。今年元夜时，月与灯依旧。不见去年人，泪湿青衫袖。"忽然想起中国元宵节已经临近了，就决定搞些活动，营造一下元宵的氛围。除了去年搞过的花会和灯会，今年他还决定搞个猜灯谜活动，害怕大家参与积极性不高，他决定猜中一个灯谜奖励一包QQ糖。同时，设立一个猜谜大奖，奖品是一张500元的商场购物卡。

为把这项活动办精彩，他亲自费了三天时间从各处精选了1000条灯谜。这些灯谜，难易皆有，内容涉及社会生活的方方面面。因为他对灯谜非常感兴趣，甚至还亲自编写了十几条灯谜掺在了里面。

猜灯谜得大奖的海报贴出后，群众早就蠢蠢欲动了。那天，谜语还没挂出来，等待猜谜的人已经把商场挤得密不透风。卢经理想不到大家对灯谜如此感兴趣，不禁由衷地感到喜悦。

灯谜一挂出来，现场气氛就达到了高潮，人们你争我抢、争先恐后地挤着。卢经理感到猜谜现场太挤了，就来到了兑奖的服务台，想不到服务台前更挤，人们争相把写着灯谜答案的购物小票向服务员手里塞，几个服务员更是忙得团团转。

出现这样火爆的场面，卢经理虽然感到有些意外，但还是在他的预料之中的。真正让卢经理感到意外的是大家猜谜速度太快了，不到两个小时，1000个谜语竟然就被猜出七八百来。

随着剩余谜语越来越少，猜谜的人也越来越少了。这时，卢经理发现猜谜的多数是年轻人，并且很多人都拿着手机，这是在干什么呢？卢经理感到不解，就快速看了一眼身边那位拿手机的美女，原来她正在把一条谜语的谜面往手机里输。

"打算把谜语发给谁呀！"卢经理问道。

"嘻！嘻！谁也不发！"那位女孩说。

"那你是干什么？"卢经理问。

"上网搜一下呀！"女孩脸一红，说。

卢经理心头一震，难道这些谜语大家不是猜出来的，而是从网上搜的。

卢经理找了几条已经猜出来的谜语，输入手机，一搜，果然就出来了。他选了几个大家还没猜出来的，搜一下，还真没有。而他自己设计的那些灯谜，竟然没有一个被猜出来。一丝凉意从卢经理心底慢慢升起。

到了下午，剩下的谜语只有100多条了，现场人气更低了，多数人看一会，摇摇头就走了。也有人看一会，拿出手机摆弄一番，同样摇摇头走了。

卢经理正在逛游，忽然发现一个十二三岁的小姑娘跑到服务台前兑奖。原来小姑娘拿了两张购物小票，每张小票上都写了一个谜底，并且还都猜对了，让卢经理惊喜的是这两个谜语都是他自己设计的。

"小姑娘，这两个谜语那么多大人都没猜出来？你是怎么猜出来的？"卢经理急忙问道。

"这两个谜语，一个是卷帘格的，一个是素心格的，很好猜呀！"小姑娘粉面含春地对卢经理说。

"想不到你小小年纪对灯谜还了解不少呀！"卢经理拍着小姑娘的肩膀说。

"我喜欢灯谜，我爷爷也喜欢，灯谜常识是爷爷教我的！"小姑娘说完，就蹦蹦跳跳地拿着两包 QQ 糖朝远处跑去。

"回来！回来！"卢经理急忙吆喝。因为他已经决定，把猜谜大奖发给这位小姑娘。

 # 寻求支援

初秋时节，小山村里依旧鲜花盛开，花香在山村氤氲着，令人陶醉。今天的香味更特别些，因为花香里还有<u>丝丝缕缕</u>的饭菜的香气。

这饭菜的香气是从村里老张家飘出来的，今天是个好日子，老张的儿子大宝考上研究生了。

大宝是石塘村第一个考上大学的人，几年来，老张一直引以为豪，然而，大宝毕业后没找到工作，重新回到了山村。

山里人大都不富裕，他们让孩子上学就是为了跳出山村，像大宝这样，找不到工作，还背上了一屁股债，岂不是不如不上。

为这事，老张在乡亲们面前一直抬不起头来，没想到大宝在家中憋了两年竟然考上了研究生。

大宝临行前，老张特意在家里请了几桌酒，一来表示庆贺，二来对乡亲们表示感谢。饭菜都上齐了，大家都没有动筷子，因为还缺一个重要的人物——老赵。老赵是村里为数极少的有钱人，也是老张的大恩人，从大宝上大学起，老赵就没少资助他。

老赵钱也不多，都是儿子石头出去挣的。石头比大宝小两个月，两人从小就是好朋友。石头学习成绩一直不好，初中没上完就到青岛打工去了，说来也怪，石头上学没有本事，挣钱却是把好手，老赵经常收到石头的汇款，还经常帮助有困难的乡亲，这使他在村里很有威望。

老张让小女儿再去叫一下老赵，但是他说有事，不来。

有事？明明在家，能有什么事？老张决定亲自去一趟。

这次，老赵终于来了。因为来得晚，自然只剩下最靠上的一个座位，论辈分，老赵不该坐这个位置。

刚坐下，老赵就愁眉不展地说："老张都亲自去叫了，再不来，就不好意思了。石头出了点事，这些日子，我心情不好！"

老赵话没说完，大家的目光就同时聚焦过来，大家都紧张地等着老赵的下文。

老赵喝了口茶说："石头在青岛那边不是开了个公司吗，本来一切都挺好的，想不到他自己没主见，被年轻漂亮的女秘书迷上了，这不，要和媳妇闹离婚呢！你说石头原来是多么听话的孩子啊，怎么一有钱就变了呢？大家说说，这是该怎么办？"

老赵说完，大家有的叹息，有的沉默。

看见大家都不做声，老赵："算了！算了！还是我自己想办法吧！"说完，就招呼大家喝酒。

一会，大宝过来敬酒，老赵摸了摸大宝的头说："考上研究生也要好好学习啊！现在研究生毕业工作也不好找啊！听石头说，有许多研究生想到他那里工作，他还不要呢！不过，你放心，毕业后找不到工作，石头公司那边我一定帮你说说！"

待到大家酒足饭饱，纷纷走出老张家的时候，早已是月上中天了。

乡村的月白里透亮，仿佛还带着些须暖意。夜风倒消尽了白天的暑气，吹在脸上，令人神清气爽。

老赵喝得有点多，走在山路上难免跌跌撞撞，几位青年试图上去扶他。他甩了甩手说："没事！没事！我心里跟明镜似的！"说完，晃晃悠悠地消失在小巷尽头。

旁边的小巷里，传来两个人很低的对话声。

"石头的公司那么好，你儿子高中刚毕业就进去了，面子不小啊！"

"什么公司，不就是一个帮人发传单的吗，连他媳妇在内总共才三个人呢！不过，这事老赵他们都要求保密，你可千万别说出去啊！"

这时，远处忽然传来了歌声："人人那个都说来哎，沂蒙山好，沂蒙那个山上哎，好风光！……"原来是老赵唱起了沂蒙小调，嗓音虽然有些沙哑，但在寂静的山村还是传得很远很远。

 惑

近来，临海市组织部李部长非常困惑，M 局全体人员竟然联名上书要求留下马局长。

M 局是个小局，近几年各项工作都非常一般，两年前，老局长退休后，组织上调老马任新局长，本想 M 局的工作能够从此有所起色，可是两年过去了，M 局的工作状况依旧没有根本性的改变。不但如此，在市里组织的对局级以上干部进行考评时老马的群众满意度也是最低的。

如今本来就到了换届时间，再结合他的工作状况，把他调走，由一个更合适的人来担任局长，可谓既有利于工作，又顺应民意。现在竟然来了个联名上书，李部长认为这里面肯定有问题。他本想立即把老马叫来，让他如实交代到底耍了什么手腕，转念一想，还是先派人具体了解一下情况更稳妥些。

李部长派去的工作人员很快就回来了，他们说联名上书绝对是群众的自发行为，并且说接受调查的人员比较多，有中层干部，也有普通工作人员，这么多人不可能没有一个有正义感的，更不太可能同时受到威胁或者利诱，单位办公室听说上级对联名上书的事进行调查甚至还专门出示了一份证明，上面还有所有中层干部的签名。

联名上书的事还没有解决，现在竟然又来了一张证明，李部长拿着两份材料，不住地摇头，这个老马，肯定耍了什么手腕。

不过，他转念一想，也许老马近来的工作作风确实转变了，也许自己对老马的了解是片面的，毕竟自己刚刚担任组织部长，很多材料都是二手的。为了了解具体情况，他决定亲自去一趟 M 局。

李部长查了一下 M 局的人员名单，非常巧的是正好有个老同学在那里工作，于是以老同学的身份把他约了出来，见到李部长，老同学吃惊地说："你刚来到这里，我还没能在电视上看见你，我还以为李部长仅仅

是和老同学重名呢？今天，你无论如何得请客！"

李部长笑着说："不请客，我把你约出来干什么？"

老同学高兴地说："那好，我现在就联系一下其他同学！"说完，就要拿手机。

李部长按住老同学的手说："不！其他同学，我还是改日再请吧！"

"就我们两个人，太浪费了吧！"老同学刚说完，忽然又一拍脑袋说，"李部长找我，除了吃饭，肯定还有更重要的事情！"

李部长点了点头，接着他们就边喝酒边问起了 M 局的情况来。

老同学非常诚恳地说："这个忙，你无论如何得帮一下，千万不要把马局长调走了，这不但是我，而且是全局所有员工的意见！"

李部长说："马局长工作非常出色吗？"

老同学摇了摇头说："我们想把他留下，不是因为他工作出色，而是因为我们实在换不起领导啊！"

换不起领导！李部长闻所未闻，急忙询问这到底是怎么回事，老同学说："我们局虽然级别很高，可是规模很小，更没有多少钱，也许是巧合，最近几年，领导更换非常频繁，每换一位局长，既要换车，又要换办公设备，再加上其他开支，没有三五十万拿不下来！如今我们单位已经欠下好几百万的外债了，虽然马局长工作并不出色，可是再换一个领导，别说工作能力不一定强，就是强，我们也承受不起啊！"

听完老同学的陈述，李部长感慨无限。

回到单位，李部长陷入了困惑之中，他实在拿不准 M 局的局长到底该不该换。正困惑间，办公室王主任忽然拿来一份文件要他批示，李部长一看，竟然是新购一辆轿车的请示，李部长粗略地扫了一下文件说："我们单位的车本来就多好几辆，怎么又要买新车？"

王主任低眉顺眼地说："这是为您买的啊！"

李部长莫名其妙地问："谁说我要换车了，我现在坐的车不是挺新吗？"

王主任笑着说："再新它也是旧车啊！新官不坐旧'轿'，这是谁都知道的官场潜规则啊！"

李部长"啪"地拍了一下桌子说："我就是不按规则出牌，难道不行吗？"

王主任拿着请示，灰头土脸地退出李部长的办公室，嘴里嘟嘟囔囔地说："我早就说了，这样的车，部长肯定看不中，他们还不信，这不，又让我在领导面前出洋相了！"

 # 小题大做

这天，严富到菜园种菜，忽然发现严春在两家中间的畦脊上添了层新土，因为畦脊的中间线是两家的界线，这就可能使中间线发生偏移。不用说，严富非常生气。

挨埘种地这些年，严富一直有意见，严春种地不但不舍得留畦脊，还想方设法占便宜。为此，严富生了不少闷气，可是碍于情面，一直没好意思和他翻脸。

这样下去怎么行？他要看看严春到底占了多少便宜，于是就用镢头在地边刨了起来，他要找到那块尖尖的至石。

至石很快就找到了，但正好处在畦脊中间，严富非常纳闷，明明从去年开始他就发现严春的地已经超过至石了，今年怎么又缩回去了呢？

一定是严春挪动了至石，严富想。果然，他发现至石周围的泥土比较新鲜。好你个严春，竟然干出这样的事！不过严富还留了一手，那就是在至石后面，他还楔了一根很深的石灰橛子。

所谓石灰橛子，就是趁阴雨天在地上楔上一根很长的木橛，然后拔出木橛，把窟窿灌满熟石灰。石灰橛子是农村记地界的最好办法，因为至石容易被挪动，而石灰橛子却无法挪动。不过村里人一般不用，因为这表示对挨埘种地的人不信任。

严富很快就找到了石灰橛子，果然在严春地里。严富仔细量了一下，发现畦脊已经偏离中间线近 10 厘米了。

严富一边量着，一边嘟嘟囔囔，惹得别的种菜老人都来看热闹，这时，严春佝偻着腰走来了，他气呼呼地跑过来问严富说什么。

"我说你种地不仁义，占了我的便宜，还挪动至石！"严富指着严春的鼻子说。

"就你这块破地，送给我，我还不愿种呢！自己斤斤计较，还说别人

挪至石，没见过你这样的人！"严春非常不屑地说。

"有石灰概子为证！"严富指着石灰概子说。

"你！你！你埋石灰概子！"严春脸色大变，不过在短暂的窘迫之后，他很快就找到了反驳的理由，"这石灰概子是我们一起楔的吗？"

严富想不到严春会这样反驳，一时不知怎么争辩才好。严春立即展开反攻："种了一辈子地没碰上这号人，在这里埋块石头，在那里楔根概子，真有出息！再说，弄就两人一起啊！偷偷摸摸的算什么？"

严富觉得自己受到了侮辱，撸出胳膊就要动手，严春也撸出胳膊冲了上来，于是两位老人很快就打了起来，虽然周围的人都急忙过来拉架，结果还是晚了，严富被打破了鼻子，严春被踢伤了腿。

严富摸着鼻血让大家评理，大家都闭口不言，他们只得到村委会找领导。他们拉拉扯扯地来到村委会，还没等他们说完，村委主任就不耐烦地说："你们的地都有多大啊？"

"都是2分！"严富说。

村主任停顿了一刻说："你也别说他偷埋至石，你也别怨他多种了几厘米，鸡毛蒜皮的，即便弄清了有什么意思！前些日子，开煤厂的张民不想种地了，让我帮忙找个人种，我一直没找到，你们干脆一人种2亩算了，他也不要承包费，你们要是觉得过意不去，下来新粮后，随便给他点也行！"

严春慌忙摇头，严富也说种不了那么多！严富还想争辩什么，村主任生气地说："给你们2亩地你们都不种，反而为几厘米打得鼻青脸肿，你们这不是吃饱了撑的吗？"

严富喃喃地说："这是几厘米的事吗？这是几厘米的事吗？"说完，竟然呜呜地哭了起来。

正在大家都纷纷议论时，严富的儿子严军来了，村主任朝严军挥挥手，很不耐烦地说："快把你父亲弄走！人老了，得什么毛病不好，怎么单单得这种又哭又闹的坏毛病呢！"

虽然严富心里有一百个不情愿，但还是被儿子拉走了，于是大家都说说笑笑地散了。

 # 转　身

　　在这个世界上，总有某些人在某些方面有着超常的优势。他们或工于心计，或善于赚钱，或乐于交际……他们在这些方面总是无师自通，游刃有余，如鱼得水。

　　厉向东就是一个这样的人，他的超常优势在于欺骗。从上小学开始，在这方面，他就表现出了一定的优势。他学习成绩很好，却经常逃学，有时甚至好几天不去学校，他总能编出恰当的借口，瞒过老师，也瞒过家长。当然，后来还是被老师和家长发现了，不用说，他挨了家长的一顿猛揍，然而依旧不改。

　　后来他初中没毕业就只身去了一个大城市。很长时间里，没人知道他到底干什么，但他似乎混得很不错。别的不说，单说每一次回家都有豪华轿车接送，就很说明问题。那时乡下还很少见到轿车，所以他每次回家，都在本村甚至本镇引起很大反响。

　　回到家乡发展时，他已经是某国际服装品牌的中国总代理了，那时在南方他已有好几个服装厂。他回到家乡是来支援家乡建设，投资建分厂的。当时他所在的乡镇正在搞开发区建设，领导知道他打算投资近千万建服装厂时，激动坏了。因为自从开发区兴建以来，还没有正儿八经的厂家来落户。为了吸引住这只金凤凰，开发区从征地到贷款都给予了最大限度的优惠和支持。

　　就在服装厂轰轰烈烈地建设时，他却突然被外地警察带走了。这时人们才知道，一直没有结婚的他身边竟然有十几个女子，这里面有未婚女子，也有早已结婚甚至生过孩子的女人，要不是被一位女子的家长发现后告发了，他完全可以继续逍遥下去。然而调查取证工作却很艰难，因为虽然他自己交代了罪行，那些女子们却没有一个承认，甚至直到他被关进了看守所，依旧还有很多痴情女子一次次去看他。

这时，开发区也开始调查他的身份，结果发现他根本不是什么服装代理，在别的地方，他也没有工厂，他一直靠银行贷款维持服装厂的建设。

作为他的本家，在他已经出狱两年后的一天，我和他在一个小酒店一起喝酒。一开始我说话很小心，生怕谈起他的过去，触碰到他敏感的神经，想不到他竟然非常主动地谈起了那些事。他说那些年他唯一真正干过的事就是不停地骗，一开始他想法讨各色女子欢心，继而让她们心甘情愿地把自己的钱交给他，甚至还有不少女子借钱给他。再后来，他觉得骗个人的钱不过瘾，就开始骗单位和银行。

我问他何以能够流连于那么多女人之间而不被识破，他答非所问地说，如果不能让对方心甘情愿地接受你的欺骗，你就不是一个高明的骗子。

难道镇开发区也心甘情愿地受你骗？我反问他。

他再次答非所问地说，其实，欺骗的前提是走入被欺骗者的内心，只有先把对方的心理研究透了，才能考虑其他的事。当然，他也很谦虚，他说自己因为学历低，对很多问题的研究只是皮毛，但是这些年，他一直在努力提高自身素质。

一个只有初中文化水平的骗子，竟然也奢谈提高素质，我不禁暗自发笑。

我问他欺骗的最高境界是什么，他也许没有看出我故意逗他，他顿了顿，胸有成竹地说，瞒过世上所有的人，不让任何人看出他在欺骗。

我不禁再次暗自发笑。

我问他对未来有什么打算，他说现在正在筹建一个饲料厂，出狱这几年，他一直给好几家外地的饲料厂做地区销售代理，目前销售网络已经建成，销售业绩很好。但毕竟是在帮别人赚钱，与其这样，还不如建一个自己的饲料厂。

对他投资建厂的事，我很是怀疑，我想，他也许在酝酿一场新的骗局。

不过，几年以后，他真的建起了一个规模不小的厂子。据说效益很好，每年上缴利税近百万。不仅如此，最近几年，他还每年出资数十万元，用来资助镇上那些家庭困难的学子和生活困难的老人。

至此，镇上大多数人不再提他那段不太光彩的历史，而是称他为企业家、大善人。也有人说他仍然是个骗子，只不过手段更高明了。当然，持这种说法的人，往往会招来一片反对之声。

其实，我们应该相信他已悔过自新。因为，这并不是不可能。毕竟，从阴影到阳光，只是一转身的距离。

兄　弟

　　锐伟背着沉重的背包，一手提着一个大袋子，蜗牛爬行般穿行于拥挤的车辆和人群之中。当他好不容易走到学校门口时，早已累得气喘吁吁，于是停下来休息。校门上熠熠生辉的几个鎏金大字，让他精神恍惚。

　　四年前，哥哥锐强送他入学，他和哥哥的合影就是以这几个大字为背景的。要不是哥哥出事了，他肯定会来接自己的。

　　他们兄弟两个命途坎坷。他们还很小父母就因一场车祸离开了人世，此后他们跟爷爷一起生活。后来爷爷也去世了。那年锐强13岁，锐伟12岁。

　　那时，他们两个都还在上小学。锐强成绩不好，锐伟一直名列前茅。哥哥主动辍学并承担起供弟弟上学的重任。锐伟也想退学，哥哥说什么也不同意，哥哥经常很大人地说，咱兄弟两个如果都辍学了，会被人看不起的！

　　锐伟上完小学和中学后，以优异成绩考上了大学。这期间他虽然也得到过一些救助，但主要花销都是哥哥出的。尤其是上大学这几年，他每年都得花两万多元，他实在无法想象哥哥是怎样赚到那么多钱的。他也曾问过哥哥几次，但哥哥一直不肯告诉他。

　　直到哥哥被抓，锐伟才知道哥哥一直在偷窃。哥哥一开始只是小偷小摸，后来甚至有了自己的组织。哥哥因为开锁技术无与伦比，被兄弟们尊为大哥。哥哥被判五年徒刑。

　　锐伟想到这里，挺了挺胸膛，深深地吸了一口气。我必须学会坚强，从现在开始照顾好自己，也照顾好哥哥，他想。

　　他提起包慢慢朝车站走去。去车站的路有五里多，没有公交，当然可以打的，他是为了节约十元钱才步行的。

　　到家后，他把行李寄存在一位亲戚家，开始四处找工作。可是找工作实在太难了！锐伟上的是师范院校，找个临时工也就挣千多元钱，别说照顾哥哥，就连维持基本生活都有困难。要想有编制，就要参加县里组织的招考，难度与考公务员差不多。而和没学历的年轻人一样四处打工，他又觉得大学白上了！经过综合考虑，他决定在家学习，考公务员，也考教师。

锐伟连着考了三年，虽说成绩每年都只差一点点，但那一点点的差距却始终无法逾越。这期间，他去看过哥哥几次。每次哥哥都说自己在里面生活得很好的。哥哥越这样说，他的心里越难过。

在第四年，哥哥因为表现良好而减刑一年。锐伟知道哥哥很快就出狱了，如果自己仍未找到工作，怎么照顾哥哥？为找工作，他四处奔忙着，可是越着急，越不好找。转眼就到了哥哥的出狱时间，接哥哥这天，锐伟心情复杂。

锐强看见弟弟后迅速向他走去，锐伟也急忙向前跑去。在抱住哥哥的那一瞬间，锐伟忍不住啜泣起来。

哭什么！我这不是好好的吗？告诉你个好消息，有一家大型锁厂聘我当技术顾问了，月薪一万。有好几家锁厂争着聘我，我选了一家条件最好的。锐强眉飞色舞地说。

对了！你找到工作了吗？锐强擦了擦弟弟的眼泪问。

锐伟摇头。

不要紧的！其实找工作挺容易的。我是因为开锁技术几乎无人能比而被锁厂看中的，前些日子出狱的几个男子因为经常打群架也都找到了不错的工作。我虽然没学问，也知道会开锁、能打群架根本不算什么本事，虽然如此，不也找到了不错的工作吗？所以呀，你只要有特长就行。说说看，你有什么特长呀？我帮你参谋参谋到什么地方找工作。锐强说。

我哪有什么特长呀！弟弟思考了一会，再次摇头。

不用什么了不起的特长呀！哪怕最不起眼的一点点就行。哥哥再次提示弟弟说，一点点就行。

哪有呀！我哪有呀？弟弟使劲摇头。

不对！你仔细想想，你应该有的，你上了这么多年的学！哥哥稍微有点吃惊。

我哪里有呀！我会的，几乎任何一个大学生都会。弟弟几乎哭了起来。

那也不要紧呀！我不是找到工作了吗？这样你就可以安心学习了。这几年我在里面耽误了你的前程，真可惜！你不是想考教师或公务员吗，凭你的聪明脑瓜，只要安心学习，很快就能考上的。当然呀！你也别太累了，实在考不上你跟我学开锁也行，不用十天，我能把自己摸索出来的开锁技术全部传给你。不是有多家单位争着聘我吗！你有了我的技术，不愁找不到工作。哥哥拍了拍弟弟的肩膀说。

闻听此言，锐伟顿时热泪盈眶。

兄弟两个再次抱在了一起，紧紧地。当他们肩并肩走出监狱时，脸上都洋溢着笑容，灿烂如花。

运动的城市

父亲今年已经70岁了，体重150多斤，血压有些高，医生建议父亲平日要多加锻炼，可是父亲偏偏不喜欢运动，整天在家中看电视，很少出去活动。

我和姐姐经常劝他，可他就是不听。没有办法，我们就从母亲那边做工作，叫母亲要求父亲陪她出去活动，这样父亲虽说心里有一百个不愿意，但也不能不答应。经过一段时间的锻炼后，父母的体质都好了许多，我们都很高兴。

可是从前年开始，母亲到我的姐姐家帮她照顾孩子去了。父亲一个人再也不愿出去锻炼了，一年下来，体重增加了20多斤，血压也增加了不少，这可怎么是好，我们经常轮番做父亲的工作，父亲答应得很好，但是从他的身体状况上来看，应该没有锻炼。

这样下去怎么行，我们都很着急。

我们打算让父亲到我家或者到姐姐家去住，可是父亲说什么也不肯离开老家，我们觉得父亲太固执了，但是想想也是，生活了一辈子的老家，怎么能说离开就离开呢？再说，家中没个人看门也确实不行。于是就在这样的两难中，日子一天天过着。

今年夏天，我回家看望父亲。自从考上大学并在青岛创业之后，我的心虽然一直在家中，但是真正在家中的时间却不多。譬如今年，都半年了，我才第一次回家。这次回家，我首先感受到了老家的巨大变化，路变得平整通畅了，绿化面积增多了，整个城市更像一个大大的花园，空气清新，花香鸟语，令人感觉神清气爽。我忍不住放慢了车速，把车窗放下，一边走一边慢慢欣赏。

回家后，发现父亲不在家，我就打电话联系，父亲说在外面，得过半个小时才能赶回来，我于是在家慢慢等待着。

半个小时后，父亲兴致勃勃地回来了，父亲蹬着老式北京布鞋，穿着一身很宽松的服装，面色红润，步伐矫健，看上去精神十分矍铄。这几年来，父亲的身体状态和精神状态从来没有这么好过。看到父亲这样，我一下放心了。

看见我回来了，父亲也很高兴，简单地聊了一会天后，父亲就要下厨炒菜，我知道父亲不喜欢做饭，就说一起出去吃。父亲说在家中清净，最关键的自己做的饭菜吃着放心。来到厨房，我看见厨房里收拾得干干净净，并且现成的菜品也不少。记得一年前，我有一次回家，看见厨房里乱糟糟的，很多厨具由于长期不用，都长了一层厚厚的毛。看来父亲真是变了，我从内心感到高兴的同时，又有些怀疑，这么整洁的厨房是不是父亲收拾的。有那么一瞬间，我甚至怀疑父亲有了外遇，万一他给我整出个后妈来，那可麻烦大了。

我一边帮父亲做饭，一边与父亲聊天，我看见父亲做饭非常熟练。就知道父亲肯定是自己亲自做饭，也就把刚才的胡思乱想丢到了一边。

很快，饭就做好了，我们一边喝着酒一边聊天。因为父亲血压有些高，我劝父亲别喝多了，父亲说："肯定不喝多了，我每天中午都喝点，但是不多，三杯，就三杯，顶多一两酒，喝这么一点，不但没事，反而对身体有好处！"

我问父亲的血压情况，父亲说现在非常稳定了，吃药也比原来少了。父亲说这主要得益于自己加强了锻炼，每天早上出去慢跑两个小时，晚上散步两个小时，中午出去和几个老朋友们打打牌，聊聊天。

我问父亲为什么突然喜欢锻炼身体了，父亲说："你没看到吗？县城大变样了，以前你们非得叫我出去活动，但是到哪里活动呀！道路那么窄，车辆那么多，再说，出去锻炼有什么意思呀？不就是跟在汽车后面闻汽油味。现在道路宽了，绿化变好了，出去活动也有地方，满眼绿意让人感到心胸开阔！再说呀，在外面活动的老年人很多，活动过程中还可以聊聊天，比一个人待在家中看电视强。"

父亲这么一说，我恍然大悟。

离开县城时，已经是下午5点多了。我把车开得很慢，果然如父亲所言，街道上锻炼的人很多很多，他们一个个面带笑容，充满活力，正如这古老而又焕发着无限活力的县城。

将要驶离县城时，我不禁停下车，下来。再次深深地吸了一口新鲜的空气，久久地注目着生我养我的县城，许久，许久。同时，也有一个计划在我脑海中产生，那就是尽快来家乡发展，并尽可能地劝我所认识的企业家来家乡投资。我相信，家乡的明天会更加美好。

情系五莲

今年夏天，我应一位朋友的邀请来五莲玩耍。我利用白天时间游览了五莲山。因为是第一次游览五莲山，所以对五莲山的印象感受格外深刻，那就是五莲山虽然在北方，但山明水秀，颇有南方山水的灵动与神韵，再加上具有丰厚的文化底蕴，确实是名不虚传的旅游胜地。

晚上，朋友约我住下，并问我喜欢不喜欢欣赏一下当地的地方戏——茂腔，对五莲茂腔，我早有耳闻，也在电视上看过几次茂腔剧目，但是从来没有在现场看过，能有这样的机会，我当然不会放过。

朋友说正好赶上了剧团上演去年刚排的新戏《情系五莲山》，朋友说这出戏讲述了发生在五莲的一个真实故事。1943年秋，八路军十三团进驻五莲，准备夺取三关口，就派侦查参谋赵小虎潜入敌占区，侦查敌人防务部署。不料，赵小虎在返回部队时被敌人发现，遭围追堵截并身负重伤，多亏被地下党员郑紫君相救，并将其藏匿在家中，郑紫君一家与敌人斗智斗勇，最终将三关布防图及时送到了八路军司令部，为"三关口战役"的胜利奠定了基础。

看完戏，我的内心久久不能平静，这出戏排得太精彩了，可以说从剧情编排到人物演绎，都非常成功，并且富有鲜明的时代和地方色彩。我想这也就是茂腔深受欢迎的一个重要原因吧。作为一个地方剧团能够编演出如此优秀的剧目实在不简单。于是非常想具体了解一下剧团的情况，碰巧朋友认识一位在剧团工作的老同志老王，于是朋友就通过电话把老王约了出来，于是我与这位老艺人有了一次亲密接触的机会。

老王今年65岁了，和茂腔剧团颇有渊源，在上世纪60年代初就加入了县里的茂腔剧团，后来因为剧团解散了，他也到工厂当了一名普通的工人，工厂效益不好，老王就这么一直干着，直到十年之前从厂子内退下来了。退休后的老王在家无事可干，很是憋闷。几年后原来在剧团工作的一位老朋友告诉他，新的茂腔剧团成立了，需要不少人，尤其需要他这种懂茂腔又热爱茂腔的人，一听这消息，老王顿时高兴了起来，就毫不犹豫地报名参加了。

现在这个茂腔剧团成员以中老年为主，能够演出的老剧目至少有十几个。说这话时，老王轻轻叹了一口气。我问他为何叹息，老王说，这个数量与茂腔鼎盛时期能演出数百个剧目相比简直是天壤之别。还有一个更让人担心的问题，那就是作为一种非物质文化遗产，现在想学茂腔的年轻人已经不多了。这也就是茂腔剧团成员主要是中老年人的原因。

我问他认为茂腔剧团今后的发展情况会怎么样，老王说，应该会不错的，这主要是因为经济发展了，群众对文化生活的要求提高了，上上下下对文化建设重视了。尤其是县里，对剧团扶持很大，光这几年，县对茂腔剧团投资就有好几十万元，今后投资规模肯定会越来越大。当然呀，还有更令人高兴的事，那就是县里准备考虑茂腔剧团成员的编制问题。自己年纪大了，也有养老保险，有没有编制都差不多，但是对年轻人来说，就不一样了，如果茂腔剧团能够挂靠文化系统，成员有正式的编制和固定收入，那样就不愁没有年轻人加入。只要有年轻人加入，茂腔剧团肯定会重新焕发出青春活力。

说到这里，老王望着远方，布满皱纹的脸上洋溢着笑容。

我问老王在剧团现在收入多少，老王轻轻地摇了摇头说，不多，很少，很少。因为多数演出都是免费的。不过自己和剧团的多数成员一样，都有自己的工作和收入，所以在剧团有没有收入无所谓。在剧团工作，我不图钱，就图的是乐活，快乐了自己，也快乐了别人。这就是自己在剧团的最大收获。其实现在剧团的多数成员都是抱着这样的想法来的。当然，这是从小处说的。如果从大处来说，作为一个五莲人，自己有责任，也有义务把老祖宗流传下来的宝贵文化遗产传承下去，并且让他发扬光大。说这话时，老王充满骄傲和自豪。

这时，广场上的音乐喷泉开始喷水了，音乐婉转千回，喷泉的高度也时高时低，广场上成千上万的观众都露出了灿烂的笑容。我和老王也幸福地笑了……

好人李军

　　化工厂李军的儿子得了重病，治疗费需要十几万元。这对家境很差的李军来说，简直是天文数字。为解决李军的燃眉之急，也为了体现大家庭的温暖，单位工会发动大家捐款。然而捐款总量还不到一万元，工会王主席觉得实在太少，却又没有办法。

　　就在王主席为这事犯愁时，这天下午，忽然有人往捐款账户上打了10万元。10万元，这可不是一个小数目，谁这么慷慨？他非常想知道捐款人到底是谁，可是捐款人没有留下自己的真实名字。

　　这样的好人实在不多见，要是知道他是谁就好了。王主席想。

　　几个月后，一场台风从江城过境。台风过后，树倒房塌，遍地狼藉。单位再次组织捐款，为避免捐款太少，单位规定了个人捐款下限。捐款结束后，王主席和有关工作人员正准备将捐款上缴，忽然又有人往捐款账户里打入了10万元。同样的数量，同样的方法，不用说，这次捐款与上次应该是同一个人干的。

　　每次都捐这么多，还不留下名字，这人真是太神秘了！这人究竟是谁？工主席把单位的几百个职工考虑了一遍又一遍，觉得谁都不可能。然而捐款人却实实在在地在那里，真是怪事！

　　以后，一段时间里，单位每次组织捐款，那个神秘人物都会捐数万元。一年之后，那人已经累计捐款接近50万了。50万，这对多数人来说，简直是天文数字。化工厂工资不高，多数职工并不富裕。经济条件稍好些的，又买房买车的，所以多数职工都活得累。谁有这么多钱用来捐款？

　　王主席觉得这事实在特殊，就把情况认真整理了一下，汇报给了单位领导。单位领导觉得这人是值得大家学习的典型。就安排无论用何种手段，也要尽快找到他。

经过一段时间的努力后，神秘捐款人终于找到了。怎样把这样一个标兵式的人物推向前台，厂领导费了很大的心思。为了增强效果，他们决定先以不公布名字的方式在单位的各种宣传媒体进行宣传，以便引起大家的注意，然后再以某种方式把那人推向台前。

这日，单位召开全体职工大会，这是一场表扬会，也是一场捐款动员会。工会主席首先对神秘捐款人进行了表扬。工会主席说，大家可能认为这人非常富有，其实并非如此。实事求是地说，他的经济情况甚至比很多人还差。他没有买房，也没有买车。可以说，他把自己的钱全部捐给了慈善事业。什么是典型？这就是典型，值得大家好好学习的典型！

最后，工会主席清了清嗓子说："经过一段时间的努力，我们终于找到了这个神秘的好人，大家想不想知道他是谁？如果想，那就叫他到台上讲几句吧！他就是我们单位的车间副主任天方！"

工会主席此言一出，大家的目光一下汇聚到天方身上。在工会主席和厂领导的强力邀请下，天方被簇拥到了主席台。

"我……我……"天方一句完整的话都没说出来就晕倒在主席台上。

天方很快就被送到了医院，原来天方是因为过于激动得了脑溢血，好在救助及时，保住了一条命。然而天方的悲剧才刚刚开始，妻子知道他瞒着自己捐了这么多钱，直接同他闹翻了脸，还说等他出院，就同他离婚。

这么多捐款，竟然连妻子都不知道？那么这些钱到底是哪里来的？这事一定隐藏着一个大秘密。然而秘密是什么，大家谁也猜不透。因为天方一直处于半昏迷状态，大家也无法通过天方了解情况。

这天，天方的手机里忽然来了两条短信。一条是：你的贷款再有三天就到期了，请提前准备钱。若不能准时还钱，可别怪兄弟们对你不客气！另一条是：听说贵单位又组织捐款了，这次你最少捐 8 万元。别跟我哭穷，一分都不能少！否则，我就把你干的好事，公之于众。

# 考研的农民工

这晚，醉醺醺的张工头正一步三摇地朝工地走着，忽然看见工地旁边的昏暗路灯下有人在看书。那人头埋得很低，身上仅穿一条短裤，黝黑的皮肤上闪着油腻的汗珠，周围的蚊子和很多不知名的飞虫围着他上下翻飞。

这人会是谁呢？看书竟如此入迷，张工头向前走了几步，咳嗽一声，那人抬头时，张工头发现是小工房民。

什么破书呀？能叫你连觉都不睡了！张工头夺过书，看都没看就扔到地上，那本书在地上翻了几个跟头后落在了一滩脏水上，封面上几个老外似在探头探脑地望着他们。

你吃错药了吧！一个民工竟学起外语来了，对了，我想起来了，我以前似乎听人说过你准备考研！现在看来，不是别人作践你。就凭你，能考上研究生？我看你是想跟我们玩综合实力吧！估计在民工之中，你的英语水平一定是最高的，在考研的人群中，你推小车拌沙灰的水平一定是无与伦比的！

房民面红耳赤，一句话也没说就拿起书，一边甩着书上的脏水，一边朝睡觉的窝棚走去。

后来，张工头了解到房民年轻时上过高中，但没考上大学，靠打工过日子，先后通过自学考试获得了专科和本科学历。如今，虽说已接近40岁，还想考研。

那天晚上的事你别在意，兄弟我佩服你。我缺个管账的，希望你能帮我一下！这天，张工头把房民叫到办公室说。你确实需要，我可以给你管账，但我不需要别人怜悯，我希望通过自己的努力，靠知识来改变命运！房民说。

我会怜悯你？我是那样的好人吗？靠知识改变命运？可现在能改变

你命运的，只有我这个大字识不了一筐的半文盲！说实话，就你这情况，我不要你，恐怕没第二个工头肯收留你。张工头语带讥讽地说。

令大家吃惊的是，两年后，房民竟考上了。接到通知书那天，房民执意请张工头喝酒，虽然张工头一再推辞，但最后还是去了，同去的还有所有民工。大家问房民哪来这么大的毅力，房民说，他相信，只要有信心并坚持努力，没有干不成的事！喝完酒，房民忐忑不安地捏着瘪瘪的钱包去结账，酒店老板说，张工头早把账结了。

这天，房民终于如愿以偿地来到了自己心仪已久的高级学府，他刚放好行李，几个二十出头的女生就围上来问他是送女儿还是儿子，房民急忙说是自己来上学，一位女生立即用夸张的语气说了句房民听不懂的英语，接着唧唧喳喳地议论开来。此后，房民考上研究生的兴奋劲慢慢消失殆尽，代之而来的是无尽尴尬。由于年龄太大以及不会说英语等原因，房民在研究生院简直成了另类。不过，他渐渐调节好了心态，因为他知道考研的最终目的。他学习异常刻苦，各科成绩一直在提高，毕业论文也受到专家们的一致好评。

研究生即将毕业时，他就和其他同学一样四处投简历，别人不久就找到了工作，他却很不顺利。

这天，房民来到他离开了三年的工地，熟悉他的民工们呼啦围上来问他在哪儿工作，每个月赚多少钱。房民脸憋得通红，过了好久才说打算回来继续当小工。

你一个研究生，要给我当小工，有你这样讥笑人的吗？张工头拍着房民的肩膀说。

我确实是来当小工的。房民再次强调。

要不，你就是想制造什么轰动效应？不过，我是不会同意的。张工头依旧不答应。

见张工头确实不想收留自己，房民只得说出了实情。由于年龄和专业等原因，自己虽说研究生毕业了，却找不到工作。房民此话一出，引来大家一番感慨。

张工头考虑了好久说，你就继续管账吧！空闲时间可以出去找工作，工钱我少不了你的。

那不行，当初您就是为了帮我才让我管账的，我本想找到工作后好好报答您，想不到……房民说着说着，竟然哽咽了。

过了一会，张工头又解释说，自己叫他管账，还有另外的目的，那就是自己的儿子因为担心上大学找不到工作而不认真学习，有一次看到房民在学习还说他是神经病，所以自己希望房民能考上并找到理想工作。房民考上研究生后，他的儿子学习认真了，成绩也迅速提高。如今在一所重点中学读高中，他害怕房民毕业后又回来了，会给儿子带来负面影响。张工头说到这里，房民深深叹息了一声，因为他考研也想给自己的孩子做个榜样，他也害怕孩子失去对上学的信心。

　　第二天，房民就离开了工地。不过，后来一直没再回来。有人说，他在一家事业单位找到了工作，有编制，工作轻松，收入还很高。也有人说，他仍在做民工，不过在一个没人认识他的地方罢了，每次往家里汇钱，他都写上同学的单位。

和谐的辅导班

退休后，我在临街的地下室里开了个小卖部。由于附近一直在搞建设，住的民工比较多，而我重点针对他们经营一些档次不高的日常生活用品，所以我的小店里整天人来人往，我甚至还和很多顾客建立起来了非常不错的感情。

这天晚上，一位中年妇女买了卷卫生纸后，看到我不忙，就同我聊起天来。

我问她有多长时间没回家了，她说已经两年多了。我问她是否想家，她凄然一笑，轻轻地摇了摇头，然后就把头低下了。我这才意识到自己不该问她这个问题。

过了好一会，她从贴身的口袋中掏出一封信来，很不好意思地问我能不能帮她看看。

我拿过信，一看，原来是她孩子写的，就问她孩子多大了，她说今年12虚岁，上三年级了。说完，黝黑的脸上露出灿烂的笑容。

字写得歪歪斜斜的，我戴上眼镜，慢慢读起来。

妈妈：

你好！我们已经放暑假了。不过，你别想我，我不打算去看你了，一来为了节约路费，二来奶奶年纪大了，还腰疼，留下奶奶一个人在家，我不放心。

家中还有钱，你工资支不出来也不用着急。反正我们又不用交学费。今年春天，咱家的两只老母羊下了5只小羊羔，我打算趁假期好好放放它们，开学前把它们卖了。这样，家中下半年的开支也就够了。

妈妈，你也别太辛苦了，累了就歇一歇！我知道你为咱家的债务而忧心，不过亲戚邻居们都说不急着要。再说，我很快就长大了，到时候，我会和你一起挣钱还债的。

我很乖，学习成绩在我们班一直是最好的，老师说我一定能考上大学，成为大老板，不过我更想成为医生。那样，我就可以治好奶奶的腰疼，治好得了爸爸那种病的人了。

　　妈妈，你已经两年没见我了。我又长高了许多，奶奶说我越来越像爸爸了，我一定好好吃饭，快快长大，成为一个真正的男子汉。不过，你放心，我一定不会像爸爸那样狠心——自己一个人先走的，我要永远永远地保护好你和奶奶。

　　信就写到这里吧！我得去打猪草了。天热的时候，不要在太阳底下干活；天冷的时候，多穿衣服，别感冒了！

　　我读完信，才看见那位妇女的身后站着好几位民工，他们都静静地听着。

　　她低着头，说了声谢谢，拿过信，匆匆离去。我目送她走出好远，直到她的背影渐渐溶入在城市的车水马龙与绚丽多彩之中。

　　这事过去许多日子了，我内心却一直不能平静。现在想来，那封信不过是一张薄薄的纸，然而当时我的手却在不停地抖动着，仿佛自己拿着上百斤重的东西。因为那里面包含着一位打工母亲的深沉思念，也颤抖着一颗留守儿童的童心。

　　故事讲到这里，似乎应该结束了，然而这根本不是真正的结尾，因为我还有另外一个身份，其实我开小卖部根本不是为了赚钱，而是因为我比较孤独。我只有一个儿子，而我的儿子是一个很不错的建筑公司的老总，所以我开小卖部只是为了吸引别人过来同我聊天，我的很多东西，卖得比进价还要低，怎么能不吸引来大批顾客呢？

　　我今年已经73岁了，前年儿子在给我办70大寿时，要我一定不能再开小卖部了，我说要叫我不开小卖部也行，你必须满足我一个心愿，那就是让我当校长，当我说出这个想法之后，把儿子吓得一愣一愣的，问我你不会是想当大学校长吧，还说自己可没有这个本事。

　　我说，这个你一定能够办得了，那就是"农民工子女暑假辅导学校"校长。儿子说这个学校新鲜，说说到底是什么意思，我说其实很简单，就是公司出钱，在暑假期间组建几个暑假辅导班，只要是你的员工的孩子，都可以来上学，如果可能的话，连他们来回的路费都给免去。这样，既能解决农民工对孩子的思念之苦，又能提高农民工孩子的教育水平。你不是说一直在提高农民工的福利待遇嘛！我认为这将是你给农民工最好的福利。接着，我就给儿子讲述了几年前的那个孩子与母亲的故事。

令我感到高兴的是，儿子很快就同意了，并且还真让我当上了这个学校的校长。这几年每年暑假都有大量的孩子来到这里参加培训，因为辅导班办得丰富多彩，既让这些乡下孩子学到了知识，又让他们增长了见识，当然还有最大的好处，那就是使农民工得以和孩子们团聚，这种团聚虽然只是短暂的，但是无论对农民工，还是对他们的子女都有说不完的好处。

我最大的担心就是儿子因为心疼钱，不再办这个辅导班了。前些日子我和儿子交流表达了这个担心时，儿子说："是呀，办这个辅导班确实花钱不少，但是我不会停办的，因为自从办了这个辅导班，民工的工作热情空前高涨，我和民工们的关系也和谐了不少，工程质量和进度也大大提高了。"

当然，这也是我最想看到的结果。

无人知道的善举

晚上 11 点多钟，大街上行人渐渐少了，雷亮慢慢开着车，寻找可能坐车的人。

寒风夹杂着潮湿的雨气呼呼地吹着，天上乌云黑压压的，似乎随时都会有大雨倾盆而下。

这时，路边一位踟蹰而行的少女引起来他的注意。

喂！要不要坐车？雷亮把车停在了女孩身边。

去海边灯塔！女孩犹豫了一下就上了车。

到海边？这个时候去，不会是约会吧？你男朋友可真会选时间！雷亮边开车边嬉笑着说。

我约不约会关你什么事？少女生气地说。

嘿，哪有女孩家这样说话的，这样的女孩可没人喜欢！

也许看出女孩不愿理会自己，雷亮有些尴尬地说完这句话后，快速地扫了几眼女孩，就不再说话，只是专心开车。

出租车的灯光像两把利剑刺向无边的黑暗，而城市的灯火辉煌渐渐成为越来越淡的背景。

风很大，不断涌起的巨浪猛烈地撞击着岩石。海边一个人也没有，只有盏盏照明灯像点点萤火，仿佛怕冷般在无边的黑暗中颤抖。

车停下了，雷亮打开车里的灯，女孩急忙去推车门，雷亮忙说，你应该忘了什么东西吧！

忘了什么？少女惊疑地回过头来。

你不会不知道坐出租车需要交钱吧！雷亮坏坏地笑道。

女孩气愤地白了司机一眼，匆匆从坤包中拿出 100 元钱，司机摆了摆手说，不够。

怎么不够？平日坐车根本用不了 100 元呀！少女说。

可这不是平日啊！这是夜晚，并且还要起台风，要不是我心好，谁会送你到这鬼地方！至于车费，当然比白天高。你还有多少钱？司机问。

少女翻来覆去地找，可是再也找不出更多的钱了。

没有钱，别想占我的便宜，100 元钱，顶多能走一半的路程。我宁愿把你拉回去也不让你占了我的便宜。司机说。

你怎么这么黑呀！拉回去，对你有什么好处？你就算做件好事，让我下车行不行？少女哀求道。

都像你这样，我们开出租的还怎么混呀！现在的油价这么贵，你以为这车可以烧自来水呀，再说，自来水还要花钱呢！无论如何，我得把你拉回去。司机说完就掉转车头，迅速地往回开去。

无论少女怎么哀求，司机都无动于衷。

半个小时后，少女重新被拉回了起点，少女一下车，司机就加大油门扬长而去。

少女无奈地站在路边，泪水瞬间流了一脸。

第二天，雷亮在本市的晚报头条读到一条新闻，新闻的大意是，黑心司机因为车费不足，把拉到目的地的少女重新拉回并扔到路边，然而碰巧那位少女企图到海边自杀，女孩被拉回后很快被随后找来的民警和家人找回，歪打正着救人一命。

雷亮看过新闻，笑了。

原来，他当时看到少女神情沮丧，那个时候一位少女去海边极不安全，害怕她出什么事，才故意找借口将她拉回来。至于她被民警和家人找到的事，他也早就知道了，因为那天他把少女放在了一处路灯很亮的地段，自己开车离去后，又很快调转车头，停在暗处一直密切注视着她的情况……

自由选择

"孩子的病很少见，我们在互联网上同国际专家进行了数次会诊，终于发现是一种奇怪的病毒在作怪，病毒具有极长的潜伏期，目前还没有抵制这种病毒的特效药。现在病毒扩散很快，我们竭尽所能，还是无法阻止其扩散。"医生说。

"难道没有任何办法了吗?"老人的妻子问。

"有，不过那是唯一的办法，也是最先进的技术，只要您同意。"医生说。

"什么办法?"老夫妻急切地问。

"非常先进，技术独特，我们不想做过多的解释，简单地说，就是从你儿子身上取下一个健康的细胞，然后用这个细胞培养出一个新孩子，再将您原来孩子的记忆移植到他的体内。这样你们就有了新的与原来完全一样的健康孩子了。"

"那原来的孩子怎么办?"

"既然有了健康的孩子，何必再去操心原来的孩子?"

老夫妻久久无言。

"这是合同，如果没意见，签个字就行了，不用交费。这是我院的最新科研项目，还处于免费试验期。你们有机会接受这样的治疗是很幸运的，实验完全成功后，医疗费至少也得上千万，普通人无法承受。"

老夫妻商议一阵，最后还是签了字。

"你们尽管放心好了，治疗过程非常安全，你们不用陪护。三个月后，你们直接来领新儿子回家就可以了。"

三个月后，老夫妻来到医院。他们异常紧张，不知道等待他们的是什么。

"妈妈! 爸爸!"一声陌生而熟悉的呼喊把老夫妻从漫长的噩梦中唤

醒，儿子欢天喜地地跑出来。老夫妻眉开眼笑。

"我们应该注意些什么？"老夫妻小心翼翼地问。

"实验非常成功，孩子各项指标完全正常。除了每隔两年来我院做一次免费检查，别的什么也不用注意。"

新儿子在各个方面确实同原来的儿子完全一样，两年以来，老夫妻渐渐从悲痛中解脱出来。只是当儿子外出或进入梦乡，他们才呆呆地出一会神。

两年后的一天，他们到医院检查。老夫妻在检查室外等了一天，一位神情呆板的医生走出来说："非常遗憾，我们在孩子身上又发现了那种奇怪病毒，病毒潜伏期同您原来的儿子一样，十五年，看来，我们必须再做一次实验了，现在就做，还是再等十五年，你们自由选择。"

老夫妻轰然瘫倒。

吃出来的商机

这天中午，季笑天打理好业务后，在总经理办公室里来回徘徊，他看了一下表，眼看就到了吃饭的时间，然而到哪里吃饭好呢？思来想去，他还是决定去找厚明，那里虽然是乡下，却有个非常不错的厨师。

厚明是季笑天的好朋友，自小喜欢斗鸡。这里所说的斗鸡指的是鲁西斗鸡，这种鸡历史悠久，早在春秋战国时期，斗鸡就已经成为贵族们之间经常进行的赌博方式了，然而随着社会的发展，斗鸡行业正在不断衰败似乎是谁也难以改变的事实。

作为一个山东人，厚明认为自己有义务保护斗鸡，他认为斗鸡行业发展不起来的重要原因是斗鸡饲养与表演都形不成规模，但是他缺少大规模饲养的资金，于是就向季笑天借了 30 万元。转眼一年多时间过去了，厚明的资金基本用完，市场却没有打开。

可巧季笑天这些日子资金也有些紧张，他想让厚明归还一部分资金却又不好意思开口，于是只能委婉地表示自己的想法，可是厚明却装作不明白，每次季笑天来他都热情款待，至于还钱的事却只字不提。

没有办法，季笑天便隔三岔五的去找厚明，一来二去，竟然鬼使神差地喜欢上了厚明的厨师做的菜了。

季笑天用电话联系了一下，厚明照旧非常热情地邀请季笑天过去吃饭。

席间，厚明频频敬酒，很快，季笑天最喜欢的那道炖鸡上来了，厚明频频招呼季笑天吃鸡，自己却一点也不吃。季笑天笑着说："老弟，你也吃点吗？"

厚明笑着说："这是专门为你做的，我怎么好意思吃呢！我知道你喜欢这道菜，所以你每次来我都让师傅做给你吃，而今天的炖鸡更特别些，我特地让师傅多放了许多你最爱吃的鸡脖子！"

眼看就要喝完酒了，厚明对还钱的事依旧只字不提。季笑天心想：看来我不挑明他是不会开口的，于是就说："当初你说一年之后还我钱，现在都快一年半了，你总得想想办法了吧！"

厚明皮笑肉不笑地说："是啊，当初我是借了你 30 万元钱，不过现在我已经全部还给你了！"

一听这话，季笑天一下愣住了，他惊疑地看着厚明说："你可不能随便乱讲啊！"厚明一本正经地说："我哪里乱讲了！"季笑天一拍桌子说："胡说，你什么时候还我的？"厚明笑着说："季大老板，不要激动吗！我问你，我借你的钱干了什么？"

"那还用说，养了鸡啊！"

"你说的太对了，可是你知道我养的鸡在哪里吗？"厚明继续问道。

"那还用说，在你的鸡棚里啊！"

厚明笑而不答，他要求季笑天陪他到鸡棚看一下，结果鸡棚里一只鸡都没有，接着他们又来到厨房，在那里季笑天看到地上堆了很多刚刚被杀掉的斗鸡，只是少了脖子和头。看罢，季笑天非常吃惊，忙问为什么要把这些鸡杀掉，厚明冷笑着说："还不是为了招待你！"

季笑天惊讶地问："这么说，我每次来吃的鸡都是你养的斗鸡啊！"厚明歪着头说："对啊，这里面绝对没有掺假。最初我为了感激你才悄悄杀了一只斗鸡让你吃，想不到你还吃上瘾了，我想反正这些鸡也派不上用场，还不如干脆把它们全部宰掉给你吃了。现在的情况是这样的：我借你的钱养了鸡，而这些鸡又全部被你吃掉了，你说现在到底是我欠你鸡钱呢，还是你欠我十几个人一年多的工钱？"

"你这个无赖！"季笑天朝厚明的脸狠狠地来了一拳，厚明一下倒在了地上，季笑天刚准备继续打，从旁边窜出几个大汉，他们把季笑天打了一顿之后，架出了养鸡场。

回到单位，季笑天越想越气，他拿起电话就给他的朋友孙光头打了个电话，孙光头立即带着二三十个弟兄赶了过来，这些人都是当地的痞子，他们很快就谋划好了一套行动方案，准备去和厚明拼上一场。

他们刚要出发，可巧被季笑天的妻子杨柳看见了，杨柳急忙拦住他们，询问季笑天要去干什么，季笑天就把自己被厚明欺骗的事说了一遍，并说一定要狠狠地教训这小子一顿。

妻子死死地拉着笑天说："还记得历史上的'斗鸡之变'吗？"季笑

天说："当然记得。"原来，早在春秋战国时期，鲁国的两大诸侯季家与厚家曾因为斗鸡时弄虚作假而发生暴力冲突事件。

"那你还记得斗鸡之变的结局吗？"

"当然是我们季家大获全胜！"

"那只是暂时的，季家暂时获胜后，不还是很快就落败了吗？所以说斗鸡之变的真正结果是两败俱伤，所以你必须马上停止行动！否则斗鸡之变的悲剧将重新上演！"

在气头上的季笑天当然听不进妻子的话，无奈妻子以死相逼他才不得不停止行动。

以后几天时间里杨柳一直牢牢地看着季笑天，使他没有机会单独行动。经过几天的思考，季笑天逐渐认识到动武确实不好，但是怎样办才好呢？

通过法律手段来解决当然是最好的方法，然而季笑天向律师咨询过，律师认为这个案例非常特殊，虽说厚明明显处于劣势，但是真正打起官司来，恐怕没有个年儿半载是判不下来的，再说，即便赢了又能怎么样，顶多把厚明送进监狱罢了，因为他根本没有能力偿还债务。季笑天寝食难安，再加上自己的业务也不顺，双重打击使他差点崩溃。

这天，季笑天正在上愁，杨柳问他："你打算吃点什么？"季笑天说什么也不想吃。"你已经好几天没有正儿八经地吃东西了，这样下去怎么行！你仔细想想，肯定有你愿意吃的东西！"妻子说。

季笑天想了想，嘴角露出一丝苦笑，杨柳急忙问他笑什么，季笑天笑着说："你说奇怪不，你这一说，我首先想到的竟然是我在厚明那里吃过的鸡！"

"对呀！你一直说厚明那里的厨子做的鸡是天下一绝，这到底是因为他的厨艺高，还是因为鸡的缘故呢？"杨柳这么一说，季笑天腾地从沙发上站了起来："对啊！我怎么没想到呢？你抓紧时间弄只斗鸡来我们尝尝！"

斗鸡很快就弄来并做好了，还没出锅便有一股熟悉的香味弥漫了整座楼房，厚明喝了一口汤，非常高兴地说："对，就是这个味道！"杨柳尝了一口也觉得非常好吃。

"这么说他做的鸡好吃，不是因为厨师手艺棒，而是因为斗鸡本身味道独特。既然斗鸡这么好吃，如果专门当成食品来开发肯定前景广阔！"

杨柳高兴地说。

"一只斗鸡少则几百元、多则上千元，谁吃得起啊!"季笑天无精打采地说。

"大规模地养殖来降低成本啊!"杨柳说。

"大规模的养殖谈何容易，当初厚明那个狗东西为了克服大规模养殖的技术难题费了多少周折!"季笑天说。

"你这么一说倒让我想起了一个办法，那就是找厚明合作，他之所以弄到山穷水尽的地步，是因为市场开发的思路没有打开，没有把斗鸡当成食品来开发，如果让他负责养殖，我们投资并负责市场开发，前景肯定不错!"杨柳越说越高兴。

同厚明合作，季笑天当然不愿意，杨柳认为厚明的本质并不坏，他这样做是在走投无路的情况下的无奈之举，杨柳自告奋勇地去找厚明谈判，季笑天勉强答应了。

事件发生后，厚明认为季笑天肯定不会善罢甘休，于是在鸡场准备好了很多打手，准备同季笑天大干一场。想不到竟然迟迟不见季笑天行动，心里就觉得很是过意不去。于是就老老实实地待在家中等着季笑天把他送进监狱，想不到等来的却是季笑天要跟他合作，等杨柳说出自己的打算后，厚明目瞪口呆，等他回过神来，连连称赞杨柳的创意，他发誓一定要竭尽全力给季笑天搞好养殖，并立即找季笑天负荆请罪。

很快，季笑天也度过了经济困难时期，他们两人冰释前嫌，精诚合作，克服重重困难，最终还是打开了市场并获得了巨大的收益。

当然他们并没有忘记最初的目的，那就是保护斗鸡并让斗鸡文化发扬光大，如今他们在全国建起了数座斗鸡寨，人们既可以在里面了解斗鸡文化，欣赏斗鸡比赛，又能够吃到口感独特、营养丰富的斗鸡食品，于是流传了几千年的斗鸡文化重新焕发出了前所未有的青春活力。

 # 你需要清醒

动物世界举行歌咏比赛，获奖者待遇优厚，各种动物皆跃跃欲试。

猫头鹰也想参加比赛，无奈自己长相一般，当然，嗓音也不怎么中听。但他实在按捺不住成为明星的梦想，就在家一遍遍仔细阅读报名要求。有一句话牢牢吸引住了他的眼球，那就是参赛者最好嗓音独特，富有个性。猫头鹰想，自己的嗓音不就是最独特、最有个性的吗？没准自己参加比赛，还能得大奖呢！于是猫头鹰就报名参加了比赛。

初赛那天，百灵鸟最先上的场，百灵就是百灵，她的歌声婉转动听，变化无穷，不时引来一阵阵稀稀落落的掌声；接着八哥上场了，八哥擅长模仿别人，他先学了一会画眉，又学了一阵孔雀，接着甚至模仿了一段人类的歌声，不用说，同样引来一些零散的欢呼声。

然而动物们的反应总体并不强烈。毕竟他们都是上几届比赛的获奖者，或许其他动物早已听腻了他们的歌声。

这时猫头鹰上场了，猫头鹰还没开始唱，就引来一阵热烈的欢呼声，猫头鹰激动得热泪盈眶，待到他满含深情地开口歌唱，他才发现自己的嗓音实在有些刺耳，他正准备打退堂鼓，想不到周围响起了一阵热烈的鼓掌声和欢呼声。于是他异常兴奋地继续唱了下去，直到唱得口干舌燥，周围的欢呼声都没有停止。

猫头鹰实在是太激动了。

在参加初赛的数百种动物中，猫头鹰发现观众对自己的热情是最高涨的。猫头鹰实在想不到大家会如此欢迎自己，他甚至有些后悔以前没有参加各种比赛，那样的话，说不定自己早就出名了！

初选结果需要三天之后才公布，猫头鹰热切地期待着。这几天里，每当有动物碰见他，都会向他竖起大拇指，称赞他了不起。然而初选成绩公布时，却没有猫头鹰的名字。猫头鹰气愤无比！既然大家这么喜欢

我，为什么却惨遭淘汰呢？潜规则！一定是潜规则在作怪！

于是猫头鹰到这场比赛的投资方山羊家论理，希望他能够为自己主持公道！为了充分说明问题，他甚至把自己初选时的录像都带来了。

山羊看完录像，捋着胡须说，其实，即便你不让我看录像，你的情况我也很清楚，那天，你参加比赛时，我其实也在场，只不过躲在一丛灌木的后面而已，我除了听见了大家的欢呼，还听见了一些其他议论，很多人说，嗓音这么难听，还好意思参加比赛，真是没有自知之明。说实话，我认为你有勇气参加比赛是非常了不起的，但是因为听到了大家的欢呼声就以为是对自己的赞美，甚至不知道自己有几斤几两就非常不应该了，毕竟受到世人追捧的不一定就是艺术。

猫头鹰目瞪口呆。

这时，卫文的手机响了。刺耳的彩铃声把卫文一下惊醒，原来，他趴在电脑前睡着了。电脑屏幕上显示的是两年前他在网上连载的一部长篇小说，小说一推出，就受到网友热捧，点击量疯狂上升，他本想找个出版社正式出版是很容易的事，想不到却始终找不到，为此，他怨天尤人，愤愤地准备花钱自费出版。当然自费出版也很不容易，他好不容易才找到了一家出版社，经过很长时间的努力，前期工作终于基本做好了，出版社的人告诉他只要把购买书号和其他几项主要费用打到账号上，就可以签定出版合同了！

不好意思，我打算再考虑几天，卫文委婉地说。其实他已经完全拿定主意了，他决定不再出版这部长篇小说。

据说，5 年之后，卫文的新长篇小说横空出世，很多著名作家和评论家都说这是近十年以来难得一见的精品小说，是一部真正的杰作。

皮包里的秘密

张华吃力地把那个黑皮包从柜台上提下来，强烈的好奇心使他快速拉开了皮包的拉链，结果他一下惊呆了：提包里红彤彤一片，全是崭新的百元大钞。张华既吃惊又纳闷：他到底是做什么生意的？竟然带这么多现金？

几天前的一个深夜，酒店里只剩一个人在独斟独饮，当时他的情绪非常低落，张华过去安慰并询问他的遭遇，他说自己在等生意伙伴，不知为什么那人一直没来，所以非常焦急。他是外地人，最后张华就让他暂且住在了自己的酒店。

以后几天，那位旅客从未离开过酒店半步，每到吃饭时间，就到大厅里吃饭。不过，不管什么时候，始终带着那个黑皮包。

刚才，旅客的电话突然响了，他拿出手机，看了一下号码，就提起包向外走，刚到门口，仿佛想起了什么，又转过身来，把提包放到张华面前说："我有急事出去一下，你帮我看一下包！"接着就急匆匆地出去了。

不久，旅客回来了，他要回提包，灰心丧气地朝楼上走去。

那天晚上，等所有来吃饭的人都走了，那位旅客依旧在大厅里独自喝酒，张华关上门，又拿了两个小菜，陪他喝了起来，他们边喝边聊，越聊越投机，张华就问他到底是做什么生意的，旅客把提包拿到桌子上，拉开提包，推到张华面前。

张华看了看说："我还是不知道你到底是做什么的？"那位旅客就从里面抽出几张让张华看看这到底是什么，张华笑着说："谁不知道，这不就是钱吗？"旅客让他仔细看看，张华对着灯影仔细辨别了一会，依旧看不出这钱有什么毛病，最后旅客说这是假币。一听这话，张华非常吃惊。

接着那人就把自己从外地弄来这批假钱的过程告诉了张华，他说自己初次做这种生意，借了不少钱，本想很快就能转手，想不到同他联系好的那人却有事不来了，自己带这么多钱行动不便，也不知道能不能用，实在不知如何是好，他希望张华帮他试一下，张华再次看了看钱说可以帮忙试试。

第二天张华拿着几百元钱到市场上买菜，结果谁也没有发现。张华回去告诉了客人，客人说卖青菜的鉴别能力不高，要他再拿几张到超市里看看，于是那位客人又从提包里随便掏出一捆，解开，从中间随便拿了几张给了张华，张华拿着钱，非常紧张地来到超市，收银员鉴别了好久，最后还是收下了。

张华回去告诉客人，客人非常高兴。当天晚上，要了几个小菜，和张华一起喝起酒来，客人说："看来，这笔钱在市场上用绝对能用，但是带这么多钱，干事不方便，如果能够把钱存到银行里，那就方便多了，要不明天你再帮我试试，事成之后，我一定好好谢你！"张华说此事关系重大，自己考虑一下再说。

第二天，张华告诉客人说自己可以帮忙，于是客人就拿出1000元假币给了张华，张华来到银行，结果银行竟然没发现这钱是假的。当张华把1000元的存款单拿给客人时，客人乐得差点蹦了起来。

客人从皮包里拿出1扎钱硬要给张华，张华当然不肯接受，最后那位客人说："我现在发财了，我可以帮你一把，只是不知道你愿意不愿意接受？"张华非常高兴地点了点头，那位客人说自己现在有50万，可以以10万元的价格转给他，如果嫌少，自己可以再去弄些。张华想了想说自己打算买30万元的，客人同意了，于是他们很快商议好了一套行动方案。

几天后的一个深夜，张华乘着夜色，独自开着一辆小车来到城南的一间废弃的旧房子里，当张华和客人正在进行交易时，一群行警一下从黑暗中扑了上来，他们只得乖乖地束手就擒。

来到刑警队，他们被分别关押着。第二天，一位年老的刑警来到张华面前说："感谢你及时报案，在外地公安机关的配合下，我们把主要犯罪嫌疑人都抓住了。"

原来，那个旅客其实是一个骗子，他给张华试用的所谓假币其实是真钱，他之所以让张华一次次帮他试钱就是为了让他知道自己的所谓假钱绝对能用，然后再让他出钱购买。

而那人让张华到市场和超市上试用假币时，张华还真认为这是假币，当时他的内心非常矛盾，可是他看见这些钱实在太像真钱了，强烈的好奇心使他还是去干了那些事。当那人让他到银行中存款并打算卖给他钱时，他就知道这肯定是一个骗局了，于是就报了案，公安机关让他故意多买些钱以便抓到更多的犯罪嫌疑人，结果那个算尽机关的骗子果然落入了圈套。

不求理解的爱

许多年以前，当我走出学校的时候，我的内心充满了怨愤，因为我被学校解聘了。

这所学校地处沂蒙山腹地的一个穷山坳里，是一位年龄非常大的台湾归侨创办的。学校主要服务于贫困学生，全部学生免交学费和住宿费，学校食堂的饭菜也非常便宜，学习态度端正的学生还能得到非常丰厚的奖学金。一时间学生数量激增，教师却严重不足。

由于种种原因，来这儿工作的教师往往两极分化，要么是刚毕业的大学生，要么是已经退休的老教师。不过由于充分利用了青年教师的干劲和老教师的经验，学校的教学质量还是非常不错的。

之所以非常在意这所学校的工作，不是因为我真正喜欢这所学校，而是因为我知道找工作的难处。在我刚毕业的时候，苦苦奔波了好几个月，就是找不到理想的工作，最后才不得已选择了这所学校。两年以来，我的教学成绩一直遥遥领先，怎么也想不到会被学校解聘。

当时，我怒气冲冲地跑进教务科，问教务科长为什么解聘我，教务科长是一位胖胖的老头。他耸耸肩说这是校长的决定。

"年轻人纷纷被解聘，老年人却多数被留下来，要不是你们这些老人要手腕，校长肯定不会做出如此荒唐的决定。我要找校长说明真相。"我生气地说。

"校长外出办事去了，他不可能接你的电话。"胖胖的教务科长坏坏地笑着。

我一遍一遍地拨打校长的手机，校长果然不接。我无比怨愤，一种强烈的被戏弄感涌上心头，发誓要活出个样子给这群老人看看。

离开学校以后，我很快在一所乡镇中学找到了工作，五年以后，我已经是这所学校的副校长了。一天，我到原来的学校办事。恰巧校长没有外出，他热情地接待了我。

"还记得我吗？五年前我在这儿工作过，不过后来被解聘了。"我非常得意地说。

"有印象，但不是很深，因为从这儿走出的人很多。"校长喝了一口茶，平淡地说。

我本想立即问当初解聘我是不是他的意思，后来又觉得这样做不太礼貌，就岔开话题，聊了一些这个学校别的情况，后来还是不自觉地扯到了学校的师资问题上，于是忍不住问他为什么把很多非常有潜力的年轻优秀教师无情地解聘了。

校长沉默了许久，最后才说："我年龄大了，财力又有限，只想尽力为山里孩子上学提供方便，不想影响年轻人的前程。留下老人是因为他们在家闲着也很无聊，并且除了这个地方，他们可能很难在其他地方找到工作，解聘青年人是为了逼迫他们去寻找更大的发展空间，让刚毕业的大学生在这儿锻炼几年可以，要是一直把他们留在这儿，如果哪一天学校办不下去了，而他们又错过了找工作的最佳年龄，那不就是害了他们吗？他们刚刚离开这儿的时候，也可能不适应，但逼他们走出去，最终是有好处的！"

听完校长的话，我无比震惊。我问校长为什么不把自己的想法提前告诉我们，校长淡淡地说："有些东西是需要被人理解的，有些东西是不需要被人理解的，并且，有些时候不被理解效果可能会更好。"

超级厨艺

小野带领一队人马冲进莒城大饭店时，厨师们正在收拾东西准备逃跑，小野举起雪亮的军刀，大吼一声，拦住了厨师们，接着哇啦哇啦一通怪叫。翻译告诉厨师们说，小野和他的几个朋友想在这里吃一顿饭，饭菜必须保证质量，而且还要有几个必不可少的特色菜。

厨师们面面相觑，实在不知如何是好，其中一个厨师向前迈了一步，非常客气地说："我们实在无法满足您的要求，我们没有做这些菜的原料！"

没等翻译翻译完毕，小野就是一通狂吼，看来他粗通汉语。翻译说小野要求必须在一个小时内把这些菜全部做出来，那位厨师说："别说一个小时，就是一天也不可能！"

小野手起刀落，那位厨师的头颅早已滚落在地。小野用带血的军刀指着另一个厨师问能不能做出来，那位厨师同样摇了摇头，于是他的头也被砍了下来。

小野刚准备继续逼问，窦师傅向前一步说："将军请放心，请您先到雅间歇息，我保证让您按时吃上这些菜！"

小野摸了摸军刀，哈哈大笑。

饭菜很快就做好了，窦师傅毕恭毕敬地询问饭菜是否可口，小野一边品尝，一边竖起了大拇指。

那顿饭小野吃得有滋有味，最后还赏了窦师傅好几块大洋。然而这几道菜窦师傅到底是怎么做出来的，就连其他几位厨师也无从得知，别的菜倒还好说，唯独炒肉芽，似乎根本就不可能，毕竟这东西长不了这么快！原来所谓的肉芽就是我们平时所说的蛆，只不过它是生在肉上的罢了。

这个大饭店有个规矩，一个厨师做拿手菜时，别的厨师都得回避，所以他们非常纳闷。事后，他们向窦师傅询问，窦师傅笑着说自己也有吃这道菜的习惯，所以平时如果有变质的鱼肉就留下来，藏在房间内，让它们生肉芽。因为吃这道菜给人一种不卫生的感觉，所以他没有告诉过任何人。他们感慨要不是窦师傅有这嗜好，他们的脑袋恐怕早就搬家了。

转眼间，五年时间过去了。

这时已经是1945年的深秋了，小野领着一队人马再次从莒县经过，小野特意让部队停了下来，自己带着几个人再次走进了莒城大饭店，不过小野早已没了往日的威风，因为日本已经战败投降了。他现在正带领他的残兵败将回到国内去。

小野和两个随从找了个角落坐了下来，饭店其他客人都用鄙夷的眼光看着他们，服务员过了许久才过来招呼他们，小野要求窦师傅再为他炒一盘肉芽，因为他在这里吃的那盘菜味道实在太独特了，几年来他一直记忆犹新。

过了一会，窦师傅出来了，他轻轻施了一个礼说："想不到先生对那盘菜竟然如此厚爱，不过我不可能再做给您吃了！"小野让随从把一叠大洋放到桌子上，用有些蹩脚的中国话说："只要你做得像原来那么好吃，这些钱就都归你了！"

窦师傅摇了摇头说："这不是钱的问题！"

"难道仅仅是因为我们失败了吗？"小野问。

"是，也不全是！"窦师傅说。

小野一直问个不停，窦师傅就说："当时，我如果不做这道菜给你吃，你势必会把我们全部杀掉，所以我别无选择。但是在我们这个地方没有人吃这道菜，所以根本就没有肉芽，中国有句话叫'巧妇难为无米之炊'，你这不是强人所难吗？"

"但是你还是做出来了啊！"

"所以那根本就不可能是肉芽！"

"不是肉芽，那是什么？"小野有些吃惊。

"如果不是在肉上，我还能在哪里快速找到那么多蛆虫，你应该能够想象得出来！"窦师傅沉静地说。

小野脸色骤变，大发雷霆，他习惯性地朝腰间摸去，可是现在他的腰间只有一个空空如也的刀鞘。最后，小野一路呕吐着走出了饭店。

据说离开莒城大饭店后，小野一直吃不下任何东西，但是却始终呕吐不止，结果还没离开中国就死了。

大粪中的蛆虫竟然被窦师傅加工得比肉芽还要好吃，这实在太不可思议了，别的师傅询问窦师傅何以有这种绝技，窦师傅说自己的先祖曾经在南京做过厨师，兵荒马乱的年代，气焰嚣张却不懂事理的人大有人在，对待那样的人只能用这类办法，所以有很多鲜为人知的独门绝技，自己自然也就学了不少。

别人询问具体内容和加工方法时，窦师傅摇了摇头说："这些绝技多数是些损招，不学也罢！我从祖上学了许多，一生却只用过一次，如今日本鬼子走了，国家也该太平了，这类技艺估计永远也不会有用场了，就让它们永远失传吧！"